ハヤカワ文庫 SF
〈SF2348〉

宇宙英雄ローダン・シリーズ〈655〉

神聖寺院作戦

クルト・マール＆H・G・エーヴェルス
鵜田良江訳

JN250338

早川書房

8746

日本語版翻訳権独占
早　川　書　房

©2021 Hayakawa Publishing, Inc.

PERRY RHODAN
HEISSE FRACHT FÜR TERRA
UNTERNEHMEN GÖTTERSCHREIN
by

Kurt Mahr
H. G. Ewers
Copyright ©1986 by
Pabel-Moewig Verlag KG
Translated by
Yoshie Uda
First published 2021 in Japan by
HAYAKAWA PUBLISHING, INC.
This book is published in Japan by
arrangement with
PABEL-MOEWIG VERLAG KG
through JAPAN UNI AGENCY, INC., TOKYO.

目次

神聖寺院作戦

テラへの道

クルト・マール

登場人物

ジュリアン・ティフラー…………有機的独立グループ（ＧＯＩ）代表

ホーマー・Ｇ・アダムス…………宇宙ハンザ経済部チーフ

ボニファジオ・

　　スラッチ(ファジー)………ヴィーロ宙航士

モセク・バン・オスファー

　　(キャプテン・アハブ)………スプリンガーの族長。闇商人

フジョンダル・

　　エスコロドゥル………超重族。輸出入業者

ヒロング・ポファー………………謎の観光客

1

ボニファジオ・〝ファジー〟・スラッチの心情を想像しようとしても、かんたんにはいかないだろう。ハッチ左横のすみに浮くスクリーンでは、暗赤色の一恒星がしみのようにほのかに光っている。その星はきわめて古く、創造の最初の日を連想させた。

ボニファジオ・スラッチは宇宙船《リングワールド》の医療キャビンで、エアベッドの上に横たわっている。かれは一時間、眠っていた。休息できて、体力が回復したような気がする。だが、心にあいた穴だけは……無気力と絶望が巣食う、漆黒の穴だった。

スラッチが《アヴィニョン》の生存者とともに、ファタ・ジェシの燃える宇宙要塞から救出されて、九時間か十時間が経過していた。フェレシュ・トヴァアル一八五での恐ろしい出来ごとは悪夢のように記憶にのこっている。仲間が次々に死ぬさまを見た。最初はメーガン・スールだった。彼女に対しては、スラッチの胸のなかに愛のようなものが生まれていたのだが。

ヴィールス船でアブサンタ＝ゴム銀河から遠征すべくスタートしたとき、乗員は四十名だった。かれらは伝令として、銀河系で結成されたテラナーの抵抗組織に力の集合体エスタルトゥで起きた不思議な出来ごとを伝えるために出発したのだった。グメ・シュジャアという名前の宇宙標識灯がプシオン渦を発生させ、そこに《アヴィニョン》が巻きこまれて船全体がはげしく揺さぶられたとき、二名が死んだ。いま、のこるは十三名だ。ほかの者たちは、凶悪ハンターことウィンダジ・クティシャに殺されてしまった。

スクリーンの上で未知恒星がほの暗い赤い目となり、ゆっくりと動いていく。《リングワールド》は高速で航行していた。ちいさな光のしみが視界に入ってきて大きくなると、三日月形の輪郭をとった。

ハッチが開き、医師のアルモンド・メイスが入ってくる。スラッチがいままで顔を合わせた《リングワールド》の乗員は、メイスだけだ。

「目がさめたかな?」医師がおだやかにたずねる。「もうすぐ着陸だ。なにかほしいものは?　食べ物や、飲み物は?」

スラッチはかぶりを振って、

「ほかの者はどうしている?」と、訊いた。

「元気にしている。心配はいらない」

ファジー・スラッチは身を起こした。スクリーンを指さす。

「あの恒星はなんなんだろう?」

「いて座イプシロン＝392」アルモンド・メイスの返事は拳銃の弾のように返ってきた。

「名前はないのか?」

「ない。GOIはおもに名前のない場所にひそんでいるので」

孤独な惑星の三日月形が大きくなった。《リングワールド》は惑星の自転とは逆方向に進んでいる。三日月が太くなり、岩がちで荒涼としたクレーターだらけの地面がスラッチの目に入ってきた。惑星地表と宇宙空間の暗黒をへだてる明瞭な境界線から、大気圏はほぼないとわかる。

「月のように見えるな」と、スラッチ。

「どちらかといえば水星だろう」アルモンド・メイスが応じる。

「これも名前がないのか」スラッチは考えこんだ。

「いや、地下の施設にだけは名前がついている。クラーク・フリッパー基地と。有機的独立グループ、すなわちGOIの司令本部だ」

《リングワールド》は名もなき惑星の傷だらけの地表へ急速に降下した。巨大な環状山脈が姿をあらわす。平坦な盆地に無数の小クレーターが穴を穿《うが》っていた。惑星の若い時代に隕石が落ちたのかもしれない。宇宙艦は輪を描く岩壁上端の鋭い鋸歯《きょし》すれすれを通過した。その手前に、惑星の地下へどこまでもつづく谷が見える。大きめの天体が地面を引き裂いたのだろう。小惑星がこの死んだ世界の地表をかすめたのかもしれない。《リングワールド》は谷に入っていった。しばらくは淡赤色に光る谷のへりが見えていたが、やがて完全な闇となる。スラッチは艦体の奥の物音を聞いた。フィールド・エンジンが操艦を引き継いだのだ。一分間、闇がつづいた。スラッチは身動きしない。このプロセスに魅了されていた。

にわかにまぶしいほど明るくなった。巨大な洞窟がスラッチの前に開ける。この空間の奥行きと高さを目測するのはむずかしかった。ここで宇宙艦が数隻、待機している。重巡洋艦だろうとスラッチは思った。艦は巨大な空間に放置されているかのようだった。岩のドーム状の隆起物がついている。球型で、直径は二百メートル。表面には奇妙なドーム状の隆起物がついている。

丸天井の頂上で、太陽ランプが、つまり人工恒星が昼光を振りまいている。気持ちのいい黄白色光で、テラナーの目のためにつくられたかのようだ。

「クラーク・フリッパー基地へようこそ」艦内インターカムから力強い声がいった。「わたしはマイルズ・カッポラ、《リングワールド》の艦長だ。お客のかたがたには下艦準備をお願いしたい。きみたちを凶悪ハンターの手から解放できて、うれしく思っている。充分に休んでもらいたい。ここクラーク・フリッパー基地で侯爵のようなもてなしを受けられるだろう」

＊

ファジー・スラッチは、あっけにとられて目の前にひろがる光景を凝視した。グリーンの木の葉《こ は》のさわやかな香りが鼻をくすぐり、樹脂や針葉樹の重々しい芳香もまじる。あたたかい風が肌をなでていく。草の茎が足もとでかさかさと音をたて、忙しく飛びまわる虫の羽音が空中で響いていた。

周囲に目をやる。背後にもまぼろしがひろがっているのではと、たしかめようとするかのように。だが、そこにはかれらを乗せてきた重厚なスチールグレイのグライダーが駐機し、通ってきたトンネルの黒い出口が大きく口を開いていた。ちょうど、ヴェエギュルが上背のある細いからだをグライダーの外被の上でブランコのように揺らしているところだった。かれのみじかい足では、地面に足をとどかせて立つのはむずかしいのだ。

なにもかもが正常だった。いま見えているのは現実なのだ。夏の景色の上に高くかかる力強い恒星、森の濃厚な香気、草、虫。まばらに立つマツの梢が低木の屋根の上に伸びている。藪の奥につづく細い小道が目に入った。みずみずしく茂った葉に半分ほどかくれて、丸太小屋のシルエットも見える。

ヴェエギュルがかれの横にきて、

「かれらはここに楽園をつくったのだな」と、いった。

スラッチはブルー族を見あげた。ヴェエギュルの目は硬直している。なにを考えているのか、表情ではわからない。ガタスという暑い惑星で育ったヴェエギュルに、中央ヨーロッパの風景から切りとってきたようなこの光景が、楽園に見えるはずはなかったが。

スラッチは首をそらした。森の梢の上にひろがる青い空は、みごとなプロジェクションだった。ゆっくり流れる白い綿雲も。この空や雲の上のどこかに天然の岩壁でできたグレイの天井があるはずだが、ここからは見えない。この洞窟は名前のない荒涼たる惑星の地下深くにあり、スラッチは地表から三キロメートル以上の深さだと推測した。

この光景のずっと奥で地面が隆起し、緑の屋根の上方に丘となってそびえていた。丘のまるい頂上にちいさな建物があり、その壁が好ましい白色に光っている。スラッチはちいさなモーター音を聞いて振りかえった。ロボット操縦のグライダーが動きだし、トンネルの闇に消えていく。ヴィーロ宙航士たちはばらばらに立っていた。ひと言も話さない。驚いてなにもいえなかったのだ。

細身で背の高い女がスラッチの横にきた。ベニータ・リッゾだ。よく気がつく性格のために〝マザー・リッゾ〟と呼ばれている彼女は、ここは居心地が悪いと感じているようだ。

「これはどういうこと？　われわれはメッセージを伝えにきたのであって、夏の旅行にきたんじゃないわ」

「どんなメッセージだったかな、マザー・リッゾ？」スラッチは彼女に目を向けずにたずねた。

リッゾはいぶかしげに横からスラッチを見た。やがて、かれがわざとそう訊いたと納得したようだ。

「チャヌカーにカルタン人がいる、と」

「ほんのひと言だ」スラッチはぼんやり口にした。「たったひと言のために、二十七名が死んだ。なんていう犠牲をはらったんだ！」

＊

一グライダーが梢をこえてきた。二名の男が降りる。アコン人とテラナーだ。かれらはヴィーロ宙航士たちを案内して森を通り、空き地へ行った。空き地のはしに八軒の丸太小屋がある。自然が美しかった。森の奥で小鳥が鳴きかわし、高いさえずりやカラスのような太い声もする。細い小川がさらさらと空き地を横切っていた。

「ここでゆっくりしてくれ」と、テラナーがいった。「好きな小屋を選ぶといい。大変な経験をしたのだから」それからマイルズ・カッポラと同じ言葉をくりかえした。「充分に休んでもらいたい」

「われわれはメッセージを伝えなければならない」スラッチが反論する。「そのために四千万光年を翔破してきた。われわれの話を聞きたいという者はいるんだろうか？」

「もちろんだ」と、テラナーは応じて、「小屋を選んでくれ。チーフがのちほど連絡を入れる」

かれらはそれぞれの小屋に入っていった。だが、することはあまりない。だれも手荷物を持っていないし、身につけている着衣もスーツも《リングワールド》の備品だ。所持している銃もフェレシュ・トヴァアル一八五でハンター旅団から奪ったものだった。

スラッチは小川からいちばんはなれた小屋を選んだ。せせらぎの音には耐えられない。自然を味わう気分ではなく、静けさを必要としていた。

目を閉じるたびにメーガン・スールの苦しそうな顔が浮かぶ。これまでに感じたことのない憎悪が胸で燃えあがった。

小屋の装置はあらゆる願いをかなえてくれた。ちいさなキッチンに自動供給装置があり、食べ物や飲み物にはかぎりがないかのようだ。バスルームは贅沢にすごせるよう配慮されている。寝室用の小部屋がふたつ、それにくわえて、趣味のいいくつろげる家具が置かれたひろいリビングがひとつあった。

スラッチは小屋をひとめぐりして、リビングにもどった。開いたままのドアのところに、《アヴィニョン》のメンターだったヴェエギュルが立っている。

「場所はあるかな？」と、ブルー族がたずねた。「ひとりになりたくないのだ。なんだか……心細くてね」

スラッチは黙ってうなずいた。だれかといっしょにすごす気分ではないが、ブルー族のもとめを拒否することはできなかった。《アヴィニョン》にいたブルー族は二名だけで、イデュユルとヴェエギュルはパートナー同士だった。心細く感じるのは当然だろう。

「寝室のどっちかを使うといい」と、スラッチは返事をした。「ベッドは可変式だ。好きなようにととのえてくれ。散歩をしてくる」

そういって、ヴェエギュルのそばを通りすぎると、ドアの外に出た。小屋のすぐ裏から森がはじまっている。行くあてがあったわけではない。物思いに沈みながら藪をかきわけて進んだ。地面はゆるいのぼり坂で、ブナやマツがまじる高木が周囲にひろがっている。朽ちかけた広葉樹の葉と乾いた針葉が重なる、はずむような地面を踏みしめていく。どれほど歩いたのかわからないが、一本の小道に行きあたり、その道をたどった。小道は徐々に傾斜がきつくなり、二、三百メートル先のひっそりした池で終わる。しずかな水面《みなも》に木々の梢がうつり、岸にはみずみずしい太い草が生えていた。スラッチはすわれる場所を探してうずくまった。

それは奇妙な光景だった。ボニファジオ・〝ファジー〟・スラッチが物思いに沈み、悲しげな姿を見せることはめったにない。かれの友や知人にとり、スラッチはなにものにも打ちのめされない男だった。かれは好んでピエロを演じ、それがはまり役だったのだ。小柄で、身長は百七十センチメートルもなく、やせている。だが、スラッチの外見でいちばん目をひくのは鼻だった。その鼻は角ばってひどく長く、鉤鼻という言葉が自然に思い浮かぶ。髪は黒くてぼさぼさで、みじかく刈りこまれていた。目は大きくて褐色。出身は北アメリカ大陸の中西部だ。

ふだんはピエロのようなスラッチが、ぼんやりとふさぎこんで、池の動かない水面を見ていた。わきあがる怒りを感じる。伝令の遠征隊長を引き受けるよう、レジナルド・ブルに説得されたあの瞬間を思いだすたびにおぼえる、自分に対する怒りだ。自分は隊長にふさわしくないと、はじめからわかっていた。決定をくだしたり、だれかに指示をしたりするようには生まれついていない。なによりも暴力を行使する場面が恐かった。生まれながらの臆病者なのだ。

むろん、遠征は失敗に終わった。失敗するにきまっていた！《アヴィニョン》はグメ・シュジャアのプシオン性漏斗《ろうと》の渦に巻きこまれ、破滅寸前までいった。そのときに乗員二名が死んだ。その後、《アヴィニョン》はスティギアン・ネットのラインをたどった。そのネットはプシオン性エネルギー軌道の錯綜物で、ソト＝ティグ・イアンが、エスタルトゥの奇蹟によって銀河系をプシオン・ネットから切りはなしたのち、系内に生じさせたものだ。ソト＝ティグ・イアンの奇蹟、宇宙標識灯、戦士の鉄拳、グメ・シュジャア……これらはすべて同じものをさす。つまり、ソト＝ティグ・イアンが自分の居所と権勢を宇宙に知らしめるために銀河系中枢部につくりだした、プシオン・エネルギーでできた標識灯の名前なのだ。標識灯が発生すると銀河系はプシオン・ネットから切りはなされ、ティグ・イアンがスティギアン・ネットを設置したのだった。幅五百光年の〝溝〟がスティギアン・ネットとプシオン・ネットを隔て、この深みから八千光年上方に標識灯がそびえている。

《アヴィニョン》は銀河イーストサイドに向かっていた。ブルー族ははじめから戦士崇拝と恒久的葛藤の教えにはげしく抵抗した。そのため、ブルー族の勢力圏にはウパニシャド学校が一校も存在できなかった。粘り強く抵抗したからこそ、ソト＝ティグ・イアンの護衛部隊は銀河イーストサイドのどの惑星にもまだ足がかりをつくれていないのだ。《アヴィニョン》はGOIの基地を探していた。十四年ほど前の情報によれば、銀河系で重視すべき抵抗組織は〝有機的独立グループ〟、つまりGOIだけだった。その組織で指導的な役割をはたしているのはジュリアン・ティフラーだという。ファジー・スラッチはそのティフラーに、遠いアブサンタ＝ゴム銀河のチャヌカーという惑星で目にした出来ごとを報告する予定だった。だが、スラッチはGOI基地のポジションを知らなかった。そこで、さまざまな情勢を吟味したところ、ソトがまだ足がかりを持たないイーストサイドで探すのが順当なように思えたのだった。

しかし、ソト＝ティグ・イアンがハンター旅団……ソタルク語でファタ・ジェシ……にスティギアン・ネットのラインの交点を見張らせているとは、予想もしなかった。ネットの重要な交点付近の虚無空間には宇宙要塞があり、許可なくスティギアン・ネットのラインをたどるものはすべて迎撃される。《アヴィニョン》も攻撃を受け、フェレシュ・トヴァアル一八五が四千万光年の旅の終着点となったのだ。

〝凶悪ハンター〟ことウィンダジ・クティシャがみずからヴィーロ宙航士を迎え撃った。ハンター旅団をひきいるクティシャはソトだけに忠誠を誓っている。凶悪ハンターにとって、ことは明白だった。かれは、ヴィーロ宙航士たちがGOIの基地をどこで見つけられるか知っていると考え、蛮行のハンドブックにあるすべての残忍さを投入して捕虜を尋問した。多くのヴィーロ宙航士が尋問中に命を落としたが、生きのびた者は脱出し、一時的に凶悪ハンターの制圧にさえ成功して、宇宙要塞のハイパー通信ステーションから救難信号を発した。だれかが信号を聞きつけて、助けにきてくれるかもしれないと、最後の希望を託して。

その願いはむくわれ、GOIの宇宙艦が出現して宇宙要塞に砲火を浴びせた。ヴィーロ宙航士たちは救われた……ただし、それもファタ・ジェシのロボット部隊との激戦で数名が死んだのちのことだ。フェレシュ・トヴァアル一八五はGOI艦の砲撃で爆発。ウィンダジ・クティシャは宇宙要塞の消滅時に死んだと思われるが、定かではない。

《アヴィニョン》も要塞とともに破壊された。生きのびた乗員は十三名。そのひとりがボニファジオ・″ファジー″・スラッチだった。かれはいま、人工池の岸にすわって自分を責めていた。かれにいわせれば、事態はまるで違う結末を迎えていたはずだった。もし、よりによって自分が作戦を指揮したりしていなければ。

これからどうなる？　ファジー・スラッチにはわからない。自分はメッセージを伝えるのだろう。だが、あの出来ごとのあととあっては、重要だとは思えなくなっていた。GOIがソト＝ティグ・イアンのハンター旅団とどれほどはげしく戦っているのか、目撃者となって体験したからだ。四千万光年はなれたチャヌカーという名前のありふれた惑星で、カルタン人居住地を発見したなどという話に、なぜジュリアン・ティフラーが興味をしめすはずがある？

よかろう……それでもメッセージをとどけようではないか。だが、それで？　ティフラーに訊いてみるつもりだった。テラに帰還することはできるのだろうかと。

スラッチにはわかっていた。安らぎなど得られるはずはない。憎しみが胸で燃えさかっている。ウィンダジ・クティシャのような生物を生みだしたシステムに対する憎しみだった。かれはこの憎しみをいだきつづけるだろう。いつか燃えつきるまで、あるいは、この憎しみをきっかけや原動力にできる方法を見つけるまで。

ファジー・スラッチはぎこちなく身をよじり、足を引いて立ちあがった。道を気にするでもなく森を歩いたが、空き地にもどっていた。

驚いて周囲を見る。小川の岸に一グライダーが駐機していた。スラッチの小屋の前に長身の若い男がひとり立っている。

*

ファジー・スラッチはゆっくりとその男に近づいた。会ったことはない。だが、映像はじつにさまざまな場所で目にしてきた。若いという印象はまやかしだ。いや、生物学的には三十五歳かもしれない。細胞活性装置のおかげで。だが、かれの目を見てそこから発せられる英知を感じない者はいない……数千歳にもなればこそ生じうる英知だ。

「ファジー・スラッチだね」スラッチが数歩の距離にくると、若い男は親しげにいった。

スラッチは男の前で立ちどまった。背中で腕を組むと、

「はい、そうです」と、答えた。「あなたはジュリアン・ティフラーですね。わたしの記憶がたしかなら」

「そのとおりだ」若い男は笑った。「きみには、わたしに伝えるべきメッセージがあるのだろう。聞かせてほしい」

スラッチは急にどうすればいいのかわからなくなった。四千万光年もの距離を旅してきたのは、こんな空き地のはしで、ありきたりな言葉で説明するためだったのか？　ア

ブサンタ＝ゴム銀河の惑星チャヌカーで、カルタン人のグループを見かけた、と？

「あのなかにしましょう」スラッチはとまどいながらいうと、丸太小屋のドアをさししめした。「こういう話は、立ってするべきではないかと」

「わたしにはべつの考えがあってね、ファジー」ジュリアン・ティフラーが口をはさんだ。「きみの伝えるべき話を聞きたいという者は、ほかにもいる。司令本部にきてもらえないだろうか？」

スラッチに異存はなかった。司令本部とは、ヴィーロ宙航士たちが遠くから目にした丘の上のちいさな白い建物だった。そこまでの飛行はほんの数分だったが、この人工世界はテラの景色の要素を細部までとりいれていると、ファジー・スラッチは思った。湖は森にかこまれ、川はゆったりと流れている。かなたに急峻《きゆうしゆん》な山が見え、むきだしの山頂では万年雪が輝いていた。百軒もの建物からなる居住地もいくつかあり、カーヴを描く川の岸辺で集落をつくっている。小舟が水面を行き、細い道は蛇行し、大通りはまっすぐに森をはしっていた。

ジュリアン・ティフラーはスラッチの思いを察して、

「われわれは多大なる努力をした」と、説明する。「浪費だと非難する声も一部にはあった。考えてみてくれ、この洞窟だけではない。ほかにもある。アルコン、トプシド、スフィンクス、ガタス、フェロルやそのほかの景色を再現している。テラの〝トポラマ"は、アルコンやガタスのものとならんで最大級だ。

たしかに浪費かもしれない。この洞窟は掘るまでもなく、はじめから存在していたが。しかし、整地して土壌を用意する必要はあった。遺伝子操作をした種も用意した。木が育つのを何十年も待つわけにはいかないからだ。動物もはなした。トポラマの維持に必要な技術は驚くべきものだ。とはいえ、この浪費はむくわれたよ。ソトの部隊との戦いは肉体も精神も消耗させる。外で危険と背中あわせの作戦を何週間もこなした者は、慣れ親しんだ環境で休息するべきだ」

スラッチはうなずいて、

「ここは、永遠にもつようにつくられている、そういうふうに見えますね」

ジュリアン・ティフラーは真剣な顔をした。

「永遠に、ではない。だが、長いあいだ必要になるだろう。ソト＝ティグ・イアンとの戦いに一瞬で勝てるとは、だれも考えていないから」

＊

ファジー・スラッチは報告した。基地に滞在するGOIの幹部が集まり、耳をかたむけている。ジュリアン・ティフラーのほかに五名いた。ブルー族が二名、テラナーが一名、アコン人が一名、ウニト人が一名だ。スラッチはかれらの名前を聞いたが、すぐに忘れた。テラナーの名前だけは記憶にのこっている。スタリク・バドゥーンといった。

スラッチは惑星チャヌカーでの体験を伝えた。語るべき内容のすくなさに驚きながら。《アヴィニョン》でシャローム星系を出発したときには、このメッセージは銀河系で大型爆弾のようなセンセーションを巻き起こすと確信していたのに。

報告の核心はひと言にすぎなかった。カルタン人がアブサンタ＝ゴム銀河に定住していた、というものだ。

ＧＯＩの幹部は驚いていない。スラッチはそう見てとった。そのいっぽうで、かれらはスラッチや《アヴィニョン》乗員の経験を知っている。あからさまに興味のない顔をしないのは、ひとえに仲間への共感のためだ。

「まさに驚くべき発見だな」と、ウニト人が口を開いた。「だれが予想しただろう？　カルタン人が時代遅れなリニア・エンジンで四千万光年の距離をこえて、目だたない惑星に基地をつくるとは」

「特別な理由があったはずだ」アコン人がいう。「おとめ座銀河団までリニア船でどれほどかかる？　二年、三年？」

「二年です」と、スラッチが答える。

「なぜそのような労力をかけた？」

ファジー・スラッチはふつふつと怒りをおぼえた。できればこう言ってやりたかった。

わたしは知らない。知ったことでもない。それに、長いあいだ聞いたこともない大ニュースだというふりなんかしなくていい、と。だが、スタリク・バドゥーンが先に口をはさむ。

「宇宙ハンザはカルタン人とかかわっている。ホーマー・G・アダムスならこの報告に興味を持つだろう」

この意見は渡りに船と受け入れられた。これで伝令を傷つけずにすむ。この報告に興味を持つ者が一名いるのだ。《アヴィニョン》の長い旅と乗員たちの犠牲は、むだではなかった！

「そのとおりだ」と、二名いるブルー族の一名が、「アダムスはカルタン人やかれらの意図について、多くを知りたくてじりじりしている。このニュースはできるだけ早くテラに伝えるべきだろう」

スラッチは力なく笑みを浮かべた。

「もちろん、アダムスと連絡がとれるコミュニケーション手段はあるんですよね」

そこではじめてジュリアン・ティフラーが発言した。

「きみが考えているほどかんたんではない、ファジー。ハイパーカムは使えないのだ。スティギアンの技術者があらゆるチャンネルで傍受しているから。かれらの暗号解読技術はわれわれの暗号をほぼすべて解いてしまう。探知される危険を排除すべく遠方の送信機を使えば話はべつだが。このような重要な件は、おもに伝令によって伝えられる」

ウニト人が立ちあがった。

「これ以上、話すことはないようだ」そういってスラッチのほうに長い鼻を振った。

「きみがもたらしてくれた報告はじつに興味深かった、友よ」

幹部のほかのメンバーも別れを告げた。ジュリアン・ティフラーとファジー・スラッチだけがのこされる。ふたりの目が合い、ティフラーがにやりとした。

「わたしの話が強烈すぎて、茫然としていましたね」スラッチが苦々しくいった。

ジュリアン・ティフラーが手招きをして、

「きてくれ。見せたいものがある」

＊

ティフラーは窓のない隣室にスラッチを連れていった。音声指示で照明を消す。映像があらわれた。三次元のホロ・プロジェクションで、銀河系の星の海が描かれている。密集した明るい中枢部と、薄い筋のような渦状肢。星々の錯綜のあいだを淡いグリーンのラインがはしっている。

ファジー・スラッチはこの映像に見おぼえがあった。数日前に見たことがある。《アヴィニョン》で銀河系に接近したときに。淡いグリーンのラインはスティギアン・ネットのルートだ。

「宇宙要塞を表示」と、ティフラーがいった。

赤くまばゆい光点の群れが出現した。何百とあるにちがいない。千以上だろう。星々の錯綜やプシオン性フィールド・ラインのあいだに散らばっている。

「これは、ソタルク語でフェレシュ・トヴァアルという」ジュリアン・ティフラーが説明した。「〝道の番人〟という意味だ。スティギアン・ネットのルートがいくつか交差する場所にソトが設置させたもので、監視と制御をになっている。このような道の番人は一万二千あるとされ、その十分の一ほどはポジションが判明している。この宇宙要塞を排除できれば、ソト＝ティグ・イアンを倒せるはずだ。すべてではなくとも大部分を破壊すれば、ソトはスティギアン・ネットをコントロールできず、部隊を好きに動かせなくなる。

これまでに破壊できたのはひとつだけだ、ボニファジオ・スラッチ！　フェレシュ・トヴァアル一八五をおぼえているな？　ハンター旅団ファアタ・ジェシは仮借なくわれわれを追い、こちらが姿を見せれば、かならずや戦力ではるかにまさる部隊で攻撃をくわえてくる。ソトにはエスタルトゥの卓越した技術があるが、われわれはエネルプシ・エンジンの設計法さえわからない。だが、われわれはおおいに努力し、資源も投入して〝ストリクター〟を開発した。プシオン性フィールド・ラインに穴をあけるものだ。何年も必死にやってきた。身をかくし、損害をおさえるために。だれかひとりの力で開発されたものではない。

状況は徐々に変化し、進歩している。だが、道はけわしく危険だ。一メートル進むごとに大きな代償をはらわねばならない。われわれにはわれわれのプランがある。どうすればファタ・ジェシの先手を打てるかという思いは、夢にまで出てくる。そこにきみがやってきて、話したわけだ。レジナルド・ブルがアブサンタ＝ゴムでカルタン人の基地を見つけたというだけで、われわれが椅子から転げ落ちるほど驚くと考えてね！」

ファジー・スラッチはしばらく黙ってすわっていた。説明されるまでもない。そのようなことにはずっと前から気づいていた。

「なぜその話をするんです？」スラッチはたずねた。

「なぜかって？　第一に、きみをなぐさめたいからだよ。われわれにメッセージをとどけるために、長い困難な旅をして、二十七名もの友が命を落とした。ここクラーク・フリッパー基地ではだれの目も引かないメッセージのために。きみにはすくなくとも、友情のこもった言葉をいくつかかけてもらう資格がある。そうじゃないか？」

「ありがとうございます。なぐさめられたような気がしますよ。それで、第二は？」

「第二に」ジュリアン・ティフラーは躊躇《ちゅうちょ》なく答えた。「われわれの状況を説明したかったからだ。きみの助けがいると理解してもらうために。きみと、きみの仲間のヴィーロ宙航士たちの」

　スラッチは驚いて目をあげた。

「助け？　なんのために？」

「きみはホーマー・G・アダムスに報告を伝えなければならない。はじめから伝令だった者以上の適任者がいるだろうか？　さらに、テラまで運ぶべき品物がある。目だたないようにする必要があり、それをやってもらえるよう、きみたちを説得したかった」

　スラッチはゆっくりと首を横に振った。

「仲間の考えはわかりません。でも、わたしははずしてください。生まれながらの臆病者なんです。あてになる伝令なんかじゃありませんよ……品物でもメッセージでも。わたしがやりたいのは、どこかに引っこんで……すべてを忘れることです」

「きみは臆病者ではない」ティフラーが反論した。「フェレシュ・トヴァアル一八五でなにがあったか、わたしは知っている。われわれにはきみたちのような男女が必要だ。宙航士として、GOIの専門家全員を合わせたよりも多くを経験したのだから！」

「われわれをあなたの組織にくわえたいということですか？」スラッチは驚いて訊いた。

「そうだ」

　大きな鼻の小柄な男はぼんやりと虚空を見つめた。その内面でなにが起きているか、はっきり見てとれる。

「ほかの者はなんと？」スラッチはたずねた。

「まだ二名としか話をしていないが」ティフラーが説明する。「ほかの者たちも同じように反応すると思う。きみがどう決めるか待ちたいとね」

ファジー・スラッチは奇妙な感情に襲われた。これまで一度もだれかに対する責任を負ったことはなかった。いつも自分のことだけで、決断はつねにほかのだれかがくだしていた。だが突然、十二名の男女が自分がどう決めるかを待っているという。

「わたしには無理かと……」スラッチはあえいだ。

「無理ではない！」ジュリアン・ティフラーは強くいった。「きみは二十七名もの友を失った。あっさり逃げて、憎しみのあまり窒息死でもするつもりか？《リングワールド》が着陸する直前、われわれがどのようなメッセージを受けとったか、知っているか？」

ティフラーはスラッチの返事を待たなかった。指を鳴らし、銀河系のホログラムを消す。同じ場所にコンピュータで作成された文字列があらわれた。

〝ヴィンダジ・クティシャよりＧＯＩの群れに伝える。おまえたちはわが宇宙要塞のひとつを破壊した。どこへなりと身をかくすがいい。懲罰を逃れることはできない〟

ファジー・スラッチの頭に血がのぼった。耳のなかで鼓動がどくどくと鳴る。

「い……生きていたのか！」と、うめいた。

「生きている」ジュリアン・ティフラーが重ねていう。「最後の瞬間に、爆発する要塞から脱出したのだろう。このまま逃がすつもりか？」

スラッチの目が不自然に大きくなった。

「いいえ」と、言葉を絞りだす。「逃がすものか！」

文字が消え、照明が点灯した。ジュリアン・ティフラーはなにもいわなかった。いう必要はなかったのだ。ファジー・スラッチは、決意していた。

2

十三名のヴィーロ宙航士が散らばって立っている。その部屋は飾り気がなく、奥の壁に銀河系が大きく堂々と描かれていた。ボニファジオ・〝ファジー〟・スラッチが会った幹部五名のうち、三名が同席している。ジュリアン・ティフラーがGOI規約の前文を読みあげた。

「われわれ有機的独立グループのメンバーは、銀河系諸種族の自由かつ何者にも左右されない進歩を希求するものである。われわれは、みずからの行動によって銀河系諸種族の自由を損なうことのないよう努力し、この自由を侵害しようとするすべての勢力に抵抗する義務を負う」

読みあげたフォリオがひとりでに折りたたまれ、GOIの代表であるティフラーはそれをポケットに入れた。目をあげると、

「きみたちは、この規約に同意したと宣言するか？」

十三名は目を見かわした。ファジー・スラッチが進みでて、

「同意を宣言します」と、いった。このプロセスに儀式めいたところはないが、厳粛な気持ちになっていた。

スラッチのうしろでヴィーロ宙航士たちが声をそろえていった。

「同意を宣言します」

若々しい笑みがジュリアン・ティフラーの顔に浮かんだ。

「それでは、これをもってきみたちを組織の正式なメンバーとする。われわれの船へようこそ」

ティフラーは一名一名のもとへ行き、全員と握手した。このような祝いの挨拶に慣れていないヴェエギュルとも。最後の者と握手を終えると、

「GOIはきみたちの想像どおり、軍事組織だ。命令系統に入ってもらわなければならない。当面は特別に、わたし直属の特殊コマンドになる。きみたちが直面した事態をかんがみて、三日間の完全な休息を命じる」

＊

三日のあいだにヴィーロ宙航士たちはクラーク・フリッパー基地の設備に習熟した。トポラマと呼ばれる、巨大洞窟の人工景色だけでなく、なによりも技術装置について。ファジー・スラッチは技術者教育こそ受けていないが、波乱万丈の日々を送るあいだに、

いわば実地経験をもとに驚けるくらいには技術にくわしくなっている。

クラーク・フリッパー基地には巨大なハイパートロップ吸引ステーションが三基あり、これで上位連続体からエネルギーをとりこんでいる。このためエネルギー不足は問題にならない。合計二十四カ所にプロジェクター施設があり、惑星全体を三重のパラトロン・バリア・フィールドでおおうことができる。数十カ所の砲火ステーションは、超大型トランスフォーム砲とパラトロン・コンヴァーター原理で作動する断裂プロジェクターをそなえていた。

クラーク・フリッパー基地を成功裡《り》に攻撃できる勢力は存在しない……だが、ソト＝ティグ・イアンが組織した勢力は例外だろう。銀河系の最新鋭防衛技術がエスタルトゥ由来の戦闘マシンからどう身を守るのか、それはこれから明らかになる。クラーク・フリッパー基地については、力だめしの瞬間をもうすこし先にのばせるよう、ＧＯＩ側は願っていた。

荒涼たる惑星の地下にあるいくつもの宇宙港では二千隻以上の宇宙艦が待機している。五百機からなる宇宙戦闘機部隊は基地の防衛だけに従事していた。二百隻の大型宇宙艦は補給物資の調達に必要な輸送量を物語っている。ほかは戦略・戦術部隊である。多くが見慣れたタイプの宇宙艦で、テラの球型艦から、オービターが使っていた楔《くさび》型艦まであった。それらの宇宙艦に独特なのは、表面にドーム形あるいは箱形の構造物をそなえていることだ。そのなかにストリクター・システムがあり、このおかげでGOIの部隊はスティギアン・ネットのエネルギー・フィールド・ラインに侵入できる。ストリクターを使えば、スティギアン・ネットのルートを特定の場所で結紮《けっさつ》し、そこを通過するものを〝外に出す〟ことができた。物体かどうかに関係なく、たとえばエネルプシ船でもプシ通信でも同じことだ。

さらに、基地には八百隻をこえるロボット艦があった。大部分が遠距離哨戒艦として投入されている。GOI艦隊の全飛翔体は最新式メタグラヴ・エンジンをそなえ、超光速ファクターは最大で六千万におよぶ。クラーク・フリッパー基地は合計十八カ所あるGOI基地のひとつにすぎない。GOIは総数二万三千隻の艦隊を擁する、銀河系最大の軍事勢力なのだ……例外はソトの護衛部隊で、その艦船は十万隻以上になる。

スラッチは何度も基地を見てまわったが、たいていはジュリアン・ティフラーが同行した。ティフラーの好意には自尊心をくすぐられたものの、GOIの指揮官は加入したばかりのヴィーロ宙航士を案内するよりも有益なことに時間を使うべきではないか、とも思った。やがてあるとき、その問いを思いきってぶつけてみた。

ジュリアン・ティフラーはにっこりして、

「いや、もっと有益なことはないんだ。わたしは待つ側だから。われわれはみな、待っている。ウィンダジ・クティシャが脅してきただろう。凶悪ハンターがなにをするかわかりしだい、それに対する準備をする。わかるか？　われわれは動かない。反応するのみ。こちらに主導権はない。それが問題なのだ」

「ほんとうにないのですか？」

ティフラーはいぶかしげにスラッチを見た。やがて笑うと、

「いや、主導権を握れることがひとつある。きみたちが引き受ける任務に関係している」

「話してください」スラッチがもとめる。

「あとにしよう。その前にひとつ見せておきたい」

基地には多数の転送機接続がある。これは必要だった。施設は惑星全体に散らばり、最大で一万五千キロメートルはなれている。各施設をつなぐ、時間のロスのない移動手段は不可欠なのだ。ここの転送機はじつに巨大で、アブソーバーが追加されている。転送のエネルギー・エコーを最小限に低減する装置だ。

ファジー・スラッチとジュリアン・ティフラーはそのような転送機で、巨大なむきだしの洞窟に着いた。足もとの地面はざっとならされているだけだ。明るく照明された幅広の通廊が、四方からこの洞窟につづいていた。奥には高さ四十メートルの、アーチ形の黒い開口部がある。

アーチの左右に超大型の転送機が設置されていた。アブソーバーがパイプオルガンの

パイプのように上へ伸びている。この転送ステーションは稼働していない。

「ここから八光年のところで」と、ジュリアン・ティフラーが説明した。「死した星が、つまり褐色矮星《わいせい》が軌道をめぐっている。遠い過去にはちいさな恒星だったのだろう。だが、燃料がつきて火が消えて、死んだ。いまや惑星サイズにすぎず、一立方センチメートルあたり二十グラム弱という中程度の密度しか持たない」

「そこが最後の避難基地なのですね？」スラッチがたずねる。

「そうだ」ティフラーはうなずいて、「ソト＝ティグ・イアンに基地を発見され、攻撃されても、撃退できるかどうかわからない。敗北にそなえた逃げ道がいる……物質的なものはともかく、すくなくともこの基地の要員、一万五千名の知性体の逃げ道が。この転送機ルートは褐色矮星内の洞窟につながり、そこに三隻の大型宇宙艦が配備されている。もしスティギアンがクラーク・フリッパー基地を制圧あるいは破壊した場合には、その死んだ恒星内でソトの軍勢が撤退するまで耐え、宇宙艦で脱出する」

＊

大型転送機を訪問してから三時間が経過している。ヴィーロ宙航士たちはいっしょに食事をして、きょう一日の体験を話しあった。深刻なことは話題にせずに。

ただ、あるコメントだけはスラッチの記憶にのこった。メザー・シャープという名前の、がっしりした才気あふれる男の発言だ。メザー・シャープは通信技術者で、フェレシュ・トヴァアル一八五の作戦では重要な役割をはたした。

「ぱっと見では、息をのむし」と、シャープはいった。「なんていう技術だ、と思うだろう。だがよく見てみると、新しいことはなにもないとわかる。装置は昔のものにくらべれば大幅に改良されているが、新味はない。銀河系技術はどうしてしまったんだ？もう進歩しないのか？」

「とにかくストリクターは発明したじゃないか」だれかがうしろのほうでつぶやいた。ファジー・スラッチはのちに、メザー・シャープの言葉を何度か思いだした。メザーのいうとおりだ。技術の進歩は停滞しているように見える。エネルプシ・エンジンのことを考えるだけでもわかる。十五年たっても、あのエンジンの作動様式はまだ解明されていないのだ。

食事のあと、かれらはある場所に行くことになっていた。ジュリアン・ティフラーも、世話役たちも、くわしくは教えてくれない。この件には秘密めいた雰囲気がつきまとい、ヴィーロ宙航士たちの緊張は増すばかりだった。

かれらはちいさな部屋に案内された。ゆったりした椅子が置かれている。前方にはなんの装置もなく、壁に映像装置のレンズが埋めこまれていた。プロジェクション室なのだろう。数分後にジュリアン・ティフラーが姿を見せて、

「これから見てもらうのは、GOIが何年も前からとりくんできた計画の映像レポートだ」と、はじめた。「秘密兵器を開発しているといっていいだろう。われわれはおおいに進歩した。この兵器はすでにいくつもの局面で投入され、めざましい成果をあげている。だが、放射兵器の砲身やアンテナを見られると期待しているのなら、落胆させることになる。われわれの武器はマシンやシントロンや、そのほかの技術を使った装置ではない。この武器は、生命体なのだ」

照明が消えた。プロジェクション空間に三次元映像が生じる。最初はありきたりなように見えた。テラ出身とおぼしき男がひとり、テーブルのそばにすわっている。テーブルの上には大きさの違うさいころがふたつ。さらに、深皿のような小型容器がひとつあり、そのなかに涙滴形の光る物体がいくつか入っている。

その男は容器に手を伸ばし、おや指とひとさし指ではさんでしずくをひと粒とりあげた。しずくの大きさは一立方センチメートルほど。男はしずくを慎重にてのひらで転がし、手をこぶしに握って目を閉じた。ファジー・スラッチは、男がなにかに全力で集中しているという印象を受けた。

「ああっ！」という押し殺した声が部屋に響いた。ふたつのさいころのうち、ひとつが触れられもせずに急に動きはじめたのだ。いや、違う。実際には動いたのではなく、さいころは消え、その瞬間にべつの場所で再物質化した。

ふたつめのさいころにも同じことが起きた。もとの場所から消えてテーブルのはしにあらわれる。光るしずくを握った男は自信を深めたようだ。目を開けてふたつのさいころの動きを追う。いまやふたつを同時に操っている。ひとつをテーブル上で動きまわらせ、もうひとつを空中に浮かせて。ヴィーロ宙航士たちにとり、テレキネシスは見慣れた現象である。だが、この男はどこか特別だった。生まれつきのテレキネスではないと、本能的に感じる。能力をあたえたのは手中の光るしずくにちがいない。

ヴィーロ宙航士たちは半時間にわたって男のようすを見ていた。かれがますますゲームをマスターしていくのは明らか。男が二個のさいころを横にならべて空中に浮かせ、一点を中心に回転させはじめたとき、観衆は感激して騒々しく拍手をしつづけた。さいころが下におりて、テーブル面に着地。男が手を開く。ヴィーロ宙航士たちはにわかにしずまった。しずくはまだ男のてのひらにあるが、大きさは半分しかない。

「パラ露だ」だれかが口にした。

プロジェクションが消える。天井の照明が点灯した。

「そのとおりだ」ジュリアン・ティフラーが同意して、「あのしずくはパラ露で、きみたちが見たあの男は、訓練をはじめたばかりのパラテンサーだ」

ティフラーはスツールを引きよせて、ヴィーロ宙航士と向かいあわせになるようにまわすと、そこにゆったりと腰かけた。

「基地を見学してきみたちがなにを感じたのか、わたしにはわからないが」と、ざっくばらんに、「想像はつくよ。きみたちのうちの何名かは、わたしがクラーク・フリッパー基地をはじめて見てまわったときと同じ思いをしたのではないかな。じつに優秀な技術だ。だが、どこを見ても新しいものはない。銀河系技術の進歩はみじかい休憩期に入ったのではないか、とね。そのような休憩はめずらしいことではない。銀河系史上、何度もあった。ただ、今回の停滞期は都合のいい時期に訪れたとはいえない。前の世代に大天才が生まれなかったからかもしれないな。レオナルド・ダ・ヴィンチや、アルバート・アインシュタイン、マックス・プランク、さらに、アルノ・カルプ、ジェフリー・アベル・ワリンジャー、ペイン・ハミラーのような者たちが。

ま、よかろう。よりよい時代に期待しようじゃないか。とはいえ、新しいものがまったくないわけではない。ストリクターは開発された。利用可能な獲物がいつどこでスティギアン・ネットを移動するのかわかれば、捕らえることができる。そのうえ、パラチームも結成された。目下、五十二名のパラテンサーがいて、数カ月おきにあらたな者がくわわっている」

ティフラーは顔をゆがめて、皮肉めいた笑みを浮かべた。

「まもなく中隊がまるひとつできるだろう。パラテンサーとは、潜在的な超能力をそなえた者のことだ。その能力を見ぬく方法をいま話すつもりはない。だが、わかっているのは、かれらの能力がパラ露の投入によって活性化することだ。潜在的テレキネシス能力を持つ者は、パラ露の使用により有能なテレキネスになる。ただ念のためにいっておくが、つねに短時間だ。能力を発揮しているパラテンサーの手中でパラ露のしずくがもつのは、一時間だけ。だが、かならずしも手に持つ必要はない。口内にかくすこともできるし、わきの下にはさんでもいい。重要なのは、からだと物理的に密着させることだけだ。

パラテンサーたちは従来われわれに閉ざされていた道を開いてくれた。エスタルトゥの技術はプシオンベースで作動している。ソトの部隊からプシオン性トリックを使われても、これまではなすすべがなかった。ソト＝ティグ・イアンは、こちらがプシオン技術について無知も同然だと考えているはず。だからこそ、パラチームが秘密兵器となるのだ。現時点で何名ものパラテンサーが重要任務の準備にあたっている。われわれは主導権をとりもどしたいと思っている。スティギアンを追いつめなければならない。ソトがしかけてくるのをただ待つのではなく。パラテンサー作戦が実行されるのは地球だ。そのためにパラチームのメンバーは充分な量のパラ露を必要とする。かれらがテラに到着したとき、そこにパラ露がなければならない。

そこで、きみたちの出番というわけだ」

＊

その夜、ファジー・スラッチはなかなか眠れなかった。ここ数日、あまりにも多くのことが降りかかってきた。

ジュリアン・ティフラーは時間をかけてヴィーロ宙航士たちに計画を説明した。遠距離哨戒艦の報告によれば、ここ数カ月、銀河イーストサイドで敵艦隊が大きな動きを見せる頻度が増しているという。プシオン性コミュニケーション・チャンネルのあちこちでストリクターを使い、ソト首脳部の内部通信を入手したところ、銀河イーストサイドにおける作戦行動が目前に迫っていることが明らかになった。

そのすべてはＧＯＩを驚かせるものではなかった。イーストサイドを故郷宙域とするブルー族の大国家は、スティギアンの前任者ソト＝タル・ケルの時代から粘り強い抵抗をつづけている。みずからの版図にウパニシャド学校が開校されることを拒み、戦士法典や恒久的葛藤の教えは受け入れられないと表明していた。ブルー族はソト＝ティグ・イアンにも同じように対処した。銀河系でいまだソトの影響力に屈していない宙域は、イーストサイドだけだ。

スティギアンにとり、この状況はがまんならなかった。ソトの勢力圏、つまりスティギアン・ネット内はすべて、隙間なく掌握《しょうあく》されなければならない。だが、ソト＝ティグ

・イアンは、あらゆる局面で銀河系の全宇宙航行種族を代表するギャラクティカムを必要以上に刺激しないよう配慮している。ブルー族はギャラクティカムの一員である。したがって、かれらとことをかまえる場合には、ギャラクティカムに介入する時間をあたえないよう、なんの前触れもなく迅速に襲撃するはずだった。

ヴィーロ宙航士たち自身がイーストサイドで敵艦隊の動きを目撃している。《アヴィニョン》での航行中、二千隻をこえるソト艦隊の艦船を確認した。その艦船はスティギアン・ネットのラインの交点でヴィールス船のコースを横切り、イーストサイドのかなたへ消えていったのだった。

GOIはソト＝ティグ・イアンの計画を阻止すると決意していた。技術的には敵が優位とはいえ、成功の見こみは充分にある。ソトは秘密裡に準備を進める必要があり、自由には動けないためだ。GOIはギャラクティカムの代表者たちにブルー族への攻撃が間近だと伝えると同時に、この情報を公表しないよう周知徹底した。GOIの意図が早期にスティギアンに伝わってしまえば、反撃が成功する見こみはない。

だが、GOIが把握できていないことがひとつあった。ソト＝ティグ・イアンの作戦の詳細である。遠距離哨戒艦は、球状星団M－70近傍で敵の明確な動きありと報告した。ソトはそこにおのれの艦隊を……あるいはすくなくともその一部を……集結させるつもりのようだ。球状星団の中枢部はフェルト星系から一万五千三百光年、パール星系から一万三千六百光年はなれている。これらはいずれもブルー族勢力圏の主要星系で、スティギアンのエネルプシ船なら目と鼻の先だ。だが、敵は集結させた艦隊で、具体的にはなにをするつもりなのか?

この問いの答えを手に入れなければならなかった。さまざまなやり方があるが、GOIが使うルートはソトに疑念を感じさせるものであってはならない。情報入手のさい、暴力行使は避けられないだろう。ソト＝ティグ・イアンは進軍を秘密にできていないとわかっている。だがその進軍は、ブルー族国家襲撃にスティギアンはまったく関与していないと、表向きには装わなければならない。

ジュリアン・ティフラーの計画は単純だった。素朴といえるほど。ティグ・イアンはたいていどこかに出かけていて、司令本部を持たない。銀河系中枢部の渦のどこかにある、宇宙標識灯とスティギアン・ネットを維持させる強力なエネルギー発生施設はべつだが。それでも、時間が許せばソトが好んで選ぶ滞在先はあった。その場所とはテラで、ストーカーの時代に戦士崇拝が最初の凱歌をあげた惑星だ。

銀河系最古のウパニシャド学校〝チョモランマ〟の敷地は拡大され、いまや五万平方キロメートルほどになっている。内部のようすをくわしく知る者はほとんどいない。それを知ることができるのは戦士崇拝とかかわりつづけている者だけだ。だが、それでも明らかなのは、ソト＝ティグ・イアンがどこにいようと銀河系の重要なあらゆる出来ごことを把握していることである。幹部とはつねに連絡がとれ、その場にいるかのように、必要な決定はすべてかれがくだしていた。スティギアンの宇宙船は空飛ぶ司令本部だった。さらに、ウパニシャド学校チョモランマの敷地内にも、卓越した装置をそなえた司令本部が存在するにちがいない。

その司令本部がティフラーの目的地である。

そこに必要な情報があるはずだった。ティフラーはパラテンサーの一部隊をチョモランマの司令本部に侵入させ、望むデータを入手するつもりだという。計画の詳細は明かされない。チョモランマ攻撃の意図をソト＝ティグ・イアンに知らせないためだろう。計画の準備はきわめて慎重に進められた。パラチームのメンバーはばらばらにテラへ行く。必要なパラ露の運搬もやはりべつで、それがヴィーロ宙航士たちの任務だった。

銀河系において、パラ露はソトが任命したパラ露検査官の剣呑《けんのん》な監視のもと、少量ずつ取引されていた。ソト＝ティグ・イアンはパラ露の取引を完全に禁止しようとしたが、それではギャラクティカムの怒りを買うだろう。ろ座矮小《わいしょう》銀河からくる涙滴形のプシコゴンは、商業的にも工業的にも重要な商材とみなされている。ソトは当面、ギャラクティカムの怒りをまねくことは避けたいと考え、銀河評議会に一定の割当量を定めさせるにとどめた。パラ露の取引はきびしく監視されている。パラ露のありかはいかなるときにも一グラム単位で説明できなければならない。検査官は公式にはギャラクティカムの各政府に所属しているが、ウパニシャド教育のすくなくとも一部を修了していなければ検査官になれないことは、周知の事実だった。

むろん、ソト゠ティグ・イアンがパラ露を恐れる理由は前任者のストーカーと変わらない。パラ露はプシオン活性物質である。大量のパラ露が突発的爆燃プロセスに移行すると、プシオンベースで作動するエスタルトゥ技術装置をひどく阻害するようになる。この条件がそろえば、スティギアン・ネットを部分的に崩壊させることも可能だ。このために、スティギアンはパラ露を厳密に分配し、きびしい監視のもとで取引されるようにしていた。

だが同時に、パラ露は金儲けになる物質でもある。需要あるところ供給ありとは、自然の理とされた。つまり、パラ露が配給制になった結果、闇市が誕生したのである。パラ露の闇取引は危険な行為だ。ソトの検査官がいるのは、宇宙港や取引所、工業界の買付代理店のオフィスだけではないためだ。かれらはスティギアン・ネット内の銀河間や銀河内を航行する宇宙船のコースでも検査をしていた。

GOIは必要なパラ露を闇市で調達するしかなかった。特権をあたえられた闇商人の小グループが存在し、GOIはおもにこのグループと取引している。ヴィーロ宙航士たちはそのような商人の一名のもとへ向かうことになっていた。その商人はアラスの中心惑星アラロンにオフィスをかまえ、名前はキャプテン・アハブという。すくなくともテラナーのあいだではそう呼ばれている。実際にはスプリンガーで、オスファー氏族の族長であり、本名はモセク・バン・オスファーである。かれについてヴィーロ宙航士たちが聞かされた説明は曖昧《あいまい》で、第三勢力時代のスプリンガー族長にちなんだ絵本の登場人物のようだった。

ファジー・スラッチは指示を充分に理解していた。不思議ではない。ごくかんたんな指示だ。〝キャプテン・アハブとコンタクトをとれ。きみたちが何者かわかるよう、ニャラムという合言葉を使え。GOIには五キログラムのパラ露が必要で、テラの特定の住所にとどけよと、キャプテン・アハブに伝えろ。きみたちもテラに連れていってもらえるようにたのめ。ソトのスパイに注意せよ〟それだけだ。

キャプテン・アハブがアラロンにいなかったらどうなる？　かれがパラ露を持っていなかったり、わたさないといったりしたら？　支払いはどうすればいい？　地球に着いたら自分たちはどうなる？　そこであらたな任務を待つのか？　クラーク・フリッパー基地にもどるチャンスはあるのだろうか？

これらすべての問いに対して、ジュリアン・ティフラーはこういっただけだ。

「前もって手配してある。きみたちが詳細について頭をひねることはない。テラに着いたら、ホーマー・G・アダムスに会いにいってくれ。チャヌカーをめぐるきみたちの報告に興味があるはずだ」

しばらくして、つけくわえた。

「これからきみたちの人生は危険になる。スティギアンの情報専門家があちこちで待ちかまえているだろうから。古いモットーはいまも有効というわけだ。わずかしか知らない者は、多くを語ることができない。GOIの重要な情報を洩らさないようにする手法を、きみたちにも使わせてもらう。敵にかくすべき情報がすくなければすくないほど、その手法は迅速確実に効く」

これについて、ファジー・スラッチはすこしでも眠ろうと奮闘しながら考えこんでいた。かれらは自分をどうしようというのだろうか？

＊

着衣が特別に用意された。十三名のヴィーロ宙航士それぞれのからだにぴったり合わせてある。見た目もさまざまで、よせ集めの観光客グループにふさわしい衣装だった。

「ちいさな声が急に話しかけてきても、驚かないでもらいたい」と、ジュリアン・ティフラーがいった。「そのコンビネーションにはきわめて多くの装備がかくされている。マイクロ技術部門が完璧な仕事をしたのでね。きみたちに危険が迫ったり、探知装置が周囲に疑わしいものを発見したりすれば、警告が発せられ、音声で伝えられる。だが、その声は脳のなかで直接、話しているように感じられるはずだ。全体の心臓部は極小シントロニクスの複合体だが、一カ所に集中しているのではなく、着衣の任意の場所に分散している。シントロン出力ユニットは、人間の解剖学的にいえば肩甲骨のあいだ、背骨付近にある。このユニットが脳の聴覚野につながる神経索に間接的に話しかけるのだ。返事や指示をするには、口を閉じて対応する言葉を話すこと。むろん口を開けて話すこともできるが、ソトのスパイの前でそうするのは賢明ではなかろう。ほかに質問は？」

「ひとつあります」と、ファジー・スラッチ。「秘密を洩らすのを防ぐ方法について話していましたよね」

「それもシントロニクスがやってくれる」ジュリアン・ティフラーが答えて、「必要な指示はきみたち自身が出すこと。明かしたくない情報を話すしかない危機におちいれば、シントロニクスと打ち合わせておいたいくつかのキイワードのひとつをいう。すると注射が打たれる。きみたちの記憶力に選択的に作用し、GOIに関するすべてを消去する注射だ。これについてはきのう話しておいた。消去すべき情報がすくなければすくないほど、プロセスは迅速に的確に進行する」

スラッチは疑り深くティフラーを見て、

「それだけなんですか？」と、たずねる。

「この注射に有害な副作用はない。限定的な健忘症が起きるだけだ。これは臨床的に証明可能で、このために敵は尋問を中断することになる」

スラッチはいい気分ではなかった。だが、理解はできる。強力な敵を地下から相手どる組織は、このような保安処置をとらざるをえないのだろう。

「あなたの言葉を信じますよ」スラッチはいった。

ヴィーロ宙航士たちの行動計画では、GOIの宇宙艦でアパスに行くことになっていた。アパスはパール星系にあるブルー族の主要惑星のひとつで、クラーク・フリッパー基地からの距離はわずかだ。アパスでは観光客をよそおい、自力でアラロン行きの旅客便を予約しなければならない。アラロンでなにをすべきかは前日に説明された。遅くともNGZ四四六年二月二十日にはテラに着けるはずだと、ジュリアン・ティフラーは計算していた。

宇宙艦はすでに待機している。小型輸送艦で、ストリクター・ドームのないなめらかな球状外被は目だたないはずだ。ジュリアン・ティフラーがみずからヴィーロ宙航士たちを艦内に案内した。ニア・セレグリスもいっしょにきている。基地に滞在した数日のあいだに話は山ほど聞いていたが、ファジー・スラッチは彼女と会うのははじめてだった。スラッチは感激した。

〝特務グループ・スラッチ〟は居室をあてがわれた。アパスへの航行は一時間弱だが、着陸後に宇宙港長が艦内にきて、乗客のようすから、かれらがほんのみじかい距離しか乗っていないと思われては困るのだ。ファジー・スラッチが割りあてられたのは、ひとり用のキャビンだった。

握手がかわされた。スラッチは物思いに沈んでいる。

「なにか気がかりなことがあるようだね」と、ジュリアン・ティフラー。「話したいのかな。それとも胸に秘めておきたい？」

スラッチは背筋を伸ばした。

「約束したかったのです、ベストをつくすと。あなたに約束できれば、と思います。でもできないんです。いつまた恐怖心に圧倒されるか、わからないので」

ティフラーはスラッチの肩に手を置いて、

「そんな心配はしないことだ。フェレシュ・トヴァアル一八五で、きみは恐怖心を克服できると証明した。そうわたしは考えている。だが、わたしが心配しているのはすこしべつのことだ」

「なんなのです？」スラッチは不安をおぼえてたずねた。

「きみはウィンダジ・クティシャに復讐をしたいと考えているだろう」

スラッチは床に目をやり、

「そのとおりです」と、やがていった。

「わかっている」ティフラーの声は真剣だが、友情がこもっていた。「わたしは心配だといったが、おおいに心配というわけではない。銀河系で周囲をよく見ることだ。ブル一族が、アラスナーがなにを語るか、耳をかたむけてほしい。きみに一カ月あげよう。そうすれば、銀河系諸種族の独立を心から支持するようになるだろう。ウィンダジ・クティシャへの復讐は最優先ではなくなるはずだ。ソトが銀河系諸種族に負わせた苦しみがおのずと語ってくれると思う」

ティフラーは肩から手をはなし、スラッチと握手した。ニア・セレグリスはもうハッチの下に立ち、出ていこうとしている。

「もうふたつ聞かせてください」スラッチがもとめる。「この話をするチャンスがなかったので……われわれが《アヴィニョン》で銀河系に近づき、NGC5024に向かう途中で、奇妙なモールス信号を情報コードに使う原始的な送信機を探知しました。最後にはそのメッセージを解読したのですが、われわれを歓迎し、暴君との戦いにくわわるようもとめていた。その直後、《アヴィニョン》は未知構造のエネルギー・フィールドに捕らえられ、宇宙標識灯に引きずりこまれたんです。われわれも船ももうすこしで破滅するところでした。ご存じのように」

「おぼえている」ティフラーが同意して、「きみたちの報告で、グメ・シュジュアを通過するのはきわめて危険な行為だと説明されていた。ふたつ聞かせてほしいと話していたね。なにを知りたい?」

「ああいう種類の送信機がどこかにあるはずだと、われわれは確信していました」スラッチが説明する。「ヴィーロ宙航士が十二銀河から帰還するとだれかが考えて、どこへ行くべきか知らせようとしたのではないかと思ったんです。われわれが見つけた送信機は……GOIが設置したんですか？」

ジュリアン・ティフラーはゆっくりと首を横に振った。

「GOIがあのような種類の装置を設置したことはない。たしかに、ときおりヴィールス船がエスタルトゥから帰還するだろうとは思っていた。だが、その船にどのような助言をすればいいのか、われわれにはわからなかった。スティギアン・ネットとプシオン・ネットを隔てる溝をこえるのは不可能で……すくなくとも、認容できる期間のうちには無理だ。だから、ヴィーロ宙航士たちになにをいえるというんだ？」

「GOIではない」スラッチはつぶやいた。「ならば、のこるは……」

「その送信機はきみたちの前で爆発したのだったな？」ティフラーが口をはさんだ。

「それがきみたちを宇宙標識灯のそばに誘いこんだ。スティギアンの罠だと思うが」

「そうですね、そう見えます」スラッチはぼんやりと、「それなら、あのとき起きた二名の死もスティギアンのせいということになる。二十七名全員の死が、かれのせいだ」

スラッチは黙った。ジュリアン・ティフラーが、たずねたいことはふたつあったのでは、と声をかける。

「ああ、そうでした！」ファジー・スラッチは驚いて物思いからさめ、「ストーカーはどうなったんです？　いつか、スティギアンとの決闘で倒されたと聞きました。ほんとうですか？」

ティフラーの顔に奇妙な表情が浮かんだ。わたしをだますつもりだ、と、スラッチは考えた。

「二名のソトが決闘をして」ティフラーがいった。「ストーカーが負けた。かれがその後どうなったのか、知る者はほとんどいない」

スラッチは注意深く言葉を反芻《はんすう》して、

「〝ほとんど〟いない」と、ティフラーと同じアクセントをつけてくりかえした。「あなたが、その事情を知るわずかな者だというのは、ありえますか？」

「ありえるかもしれないな」ティフラーは微笑して認めた。「おぼえていてほしい。わずかしか知らない者は、多くを語ることができない」

スラッチは理解した。当面、ストーカーについてはなにも聞きだせないだろう。もとソトの運命を秘密にされて、考えこんだ。ストーカーがＧＯＩの計画で重要な役割をはたしているように思えたのだ。

3

アパス……国家の心臓！　ブルー族はこの惑星をそう呼んでいる。宇宙空間から見ると、輝く白い雲が水玉模様のようにちりばめられた、ターコイズ色のボールを思わせる惑星だ。ガタスが脳ならアパスは心臓で、アパソス人はこれをすこし鼻にかけている。

十七年以上前、クロノフォシルが次々に活性化されて、プシオン性ショック波が銀河系を駆けぬけたとき、それまで銀河系種族ではもっとも感情に乏しいとされてきたブルー族の心で奇妙な変化が起きた。ブルー族はパラプシ性ショックに刺激されて感情を見いだしたのだ。国家の心臓という名前を聞いても、以前なら後方のふたつの目を退屈そうにしばたたかせただけだっただろう。しかし、あのショック波以来、ブルー族は〝魂を持つ〟……これはクローン・メイセンハートがかれの番組〝銀河系の眺め〟で使った表現だが……ようになり、かれらにとって〝心臓〟が意味を持つことになった。

アパスは以前、工業惑星だった。地表のイメージを決めていたのは、何千万という住民をかかえる巨大都市だ。だが、工業地帯と住宅地が隣接する混合文化時代はアパソス人のあいだでも終わり、工業地帯は場所をうつされた。大きな赤い恒星パールには合計十一の惑星があり、アパソス人はそのうち五つを利用し、アパスが居住惑星だった。アパソス人の小帝国はブルー族の大国家の独立構成員であり、十六年以上前からギャラクティカムにも加入している。行政機関はアパスにあり、その唯一の大都市は過去の世紀の都市拡大妄想を引きずっているようだった。それが政治中枢である首都プヒトだ。

巨大な宇宙港は首都から遠くはなれている。GOIの輸送艦は〝特務グループ・スラッチ〟をすんなり大型宇宙ステーションでおろした。宇宙ステーションはターコイズ色の惑星の静止軌道にある。ボニファジオ・〝ファジー〟・スラッチは一度ここにきたことがあった。ヴィーロ宙航士になりたいという衝動を感じるよりもはるか昔に。当時の宇宙ステーションや周囲の喧騒《けんそう》を思いだす。いまはホールも通廊もほぼ空《から》だった。チューブ状格納庫には宇宙船が三隻あるだけで、フェリーが一機、到着者を惑星地表に送るべく待機している。

危険が影を落としていた。銀河イーストサイドを訪れる旅行者はすくない。ソト＝ティグ・イアンの計画は知られていないが、反抗するブルー族にいつかソトが手を打つのは明らかだった。観光客はイーストサイドを避けているし、ブルー族は家に閉じこもっている。

ファジー・スラッチと同行者たちは身分認証をすませ、旅の出発地と目的地を告げて、ロボット・チェックを通過した。問題はなにもない。かれらの身元はきわめてきびしい追及にも耐えられるように準備されていたし、アラロンへ向かうことは決まっている。あとはアパスの係員の助けを借りてフェリーを見つけるだけだ。

「このごろでは、気晴らしや観光でわれわれの美しい世界により道をするかたが減ってしまいまして」チェックを終えると、ロボットがいった。「ですから、心から歓迎します」

宇宙ステーション到着から四十分後、ヴィーロ宙航士たちはフェリーに乗りこんだ。乗客はかれらだけだ。まもなくプヒトの宇宙港に着陸し、ロボット操縦の宇宙港タクシーで町の北端に到着した。途中でタクシーにホテルはあいているかとたずねると、プヒトのホテル経営者は何年も前から客がこないと嘆いていると聞かされた。仕事がなく、ホテルはいくつも店じまいしたそうだ。

ヴィーロ宙航士たちは〝ユイミュイト・ケルディエール〟という魅力的な名前のホテルを選んだ。テラの言葉にすると〝ようこそ、いらっしゃいませ〟という意味だ。この選択は後悔せずにすんだ。ユイミュイト・ケルディエールには、それぞれに二室をそなえたちいさな建物が数多くあり、その建物は絵のような庭園に散らばっている。中心の大きな建物には、いくつものレストランや、ありったけの娯楽、会議室やハイパー通信ステーション、そのほかの現代文明の気晴らしがそろっていた。

ファジー・スラッチの計画はシンプルだった。ヴィーロ宙航士たちはホテルの部屋で各自、アラロンまでの便を確保する。いっしょに行くか、ばらばらになるかは問題ではない。重要なのは、二月十一日より前にアラスの中心惑星に到着していることだ。

スラッチはすぐに仕事にかかった。まず、ホテルの部屋を見てまわり、盗聴器や光学ゾンデの有無《うむ》を旅行者用スーツのセンサーで確認。部屋の通信装置はファンクション・キイが六個ついた長方形の小型装置で、銀河系の宇宙船で使われるダイパッドに似ている。スラッチはすんなり使いこなせた。コンピュータが話しはじめる。インターコスモだ。スラッチは望みを伝えた。

数分もしないうちにわかったのは、アパスからアラロンまでノンストップで行く宇宙船は、向こう十日間で一隻、百六十名の乗客を収容できる貨物船だけだということ。客用キャビンはまだ十三室しか埋まっていない。スラッチは一キャビンを予約して、数秒後に予約完了の通知を受けとった。その後、アラロン行きのほかの便をリストアップさせる。コンピュータがスクリーンを生じさせ、そこに宇宙船四隻のデータを表示。いずれも短期間アパスによったのち、アラロンへ向かう船だ。直行便はなく、航行計画は未定で、どれもNGZ四四六年二月十一日までにアラロンには着かない。ファジー・スラッチはコンピュータの接続を切って笑みを浮かべた。全員がいっしょに旅をすることになりそうだ。

ユイミュイト・ケルディエールのレストランは、以前ならこの時期に惑星南半球へ押しよせていた大勢の観光客のためにつくられている。ホテルの支配人は状況の変化に合わせてフォーム・エネルギーの間仕切りを導入していた。ひろいホールががらんとした印象になるのを防ぐためだ。

ヴィーロ宙航士たちは観光客グループらしくふるまった。やかましくはしゃいだのだ。かれらは自動サービスつきの大テーブルを予約した。ほかにはわずかなテーブルしか埋まっていない。客の半数ほどはブルー族で、地元の住民か近隣惑星のビジネス客だろう。テラナー数名が見える。アコン人二名と、トプシダーの小グループも。トプシダーには、低いテーブルとソファに似た寝台が用意されていた。かれらは横たわって食事をする。

間仕切りでかこまれた部屋には奇妙に重苦しい雰囲気が漂っていた。ブルー族の声は、ふだんなら耳に刺さるような高いさえずり声で、数十メートルはなれていても聞きとれる。だが、いまはくぐもった声で話していた。アコン人二名には話すべきことがないようだ。トプシダーは、食事をはじめてからずっとみじかい声をときおり発するのみである。

「恐怖がひろまっているんだわ」と、マザー・リッゾがいった。「スティギアンが攻撃してくるのはわかっているけど、いつかは見当もつかないんでしょう」

ヴィーロ宙航士たちが騒々しくはしゃぐようすに、周囲のテーブルから非難がましい目が向けられた。だがまもなく、テラ出身らしき小男がひとりやってきて、お騒がせ者の座を奪った。男はひどく酔っぱらって千鳥足で入ってくると、声もかぎりに歌いはじめたのだ。背後に淡いグリーンの制服を着たブルー族のホテル従業員が二名、姿を見せたが、介入するまでもなかった。その小男は騒々しいとはいえ、だれのじゃまもしなかったからだ。楽しいことがどこで歓迎され、どこでされないのか、一瞬にして見ぬき、まっしぐらではないにせよ、ヴィーロ宙航士たちのテーブルにくわわると決めた。

大テーブルは階段を二段あがった台座の上にある。男は下の段の手前で立ちどまった。身長は百六十センチメートルもないだろう。顔はしわだらけだ。軍隊じみた敬礼をして甲高《かんだか》く叫ぶ。

「ごけ……ご健勝を、どう……同志たち！　わたしゃヒ……わたしゃヒ……ヒロング・ポファーでして、で……できれば、ともに、た……楽しみたい、のです。よろしい、ですかな？」

ファジー・スラッチにとり、ハプニングは望むところだった。

「よろしいかなんて訊くまでもないさ」と、スラッチは気軽に応じた。

ヒロング・ポファーは苦労して二段の階段をのぼり、スラッチの横の椅子にきた。

「とうせん……ちょうぜん……いや、当然、お代は、わたしが」と、ろれつのまわらない舌でいう。

ファジー・スラッチは反論しなかった。支払いのころ、ヒロング・ポファーはテーブルの下でのびているだろう。

「わたしゃ、金がありましてな」小男は胸を張った。「みんな、母のおかげ。母はまさに、は、はせん、めいたものを、かかえて……帆船めいたものを、描いて……さ、とにかく、食べて。すっからかんに食べて。わたしゃいま、宇宙じゅうを観光しとるんです。そうでしゅとも。ずっと夢で。長く待ったのです。わたしの年は、もう……もう……」

自分が何歳か、すぐには思いだせないようだ。もたもたと指を折って数えはじめた。

「に、にしゃくはっさい。むろん！　ににしゃくはっさいだ。こんな、老いぼれを、見たことは？」

ヴィーロ宙航士のテーブルは前からうるさかったが、いまや大騒ぎになっていた。ブルー族と二名のアコン人は憤然と出ていった。ホテルの支配人は介入しない。ヴィーロ宙航士たちのテーブルがいちばん食べているのは明らかで……そのうえいちばん飲んでいた。トプシダーたちは気にしていなかったが、かれらも食べ終えると退出した。

二百八歳のヒロング・ポファーは、酔っぱらい特有の難解な言葉で飲み仲間と話した。次々にジョッキをあける。この老人の胃はゴム製で、肝臓は特殊鋼製かとスラッチが思いかけたころ、ポファーは大きなため息をつき、次の瞬間、椅子から滑り落ちた。スラッチは医療スタッフを呼び、宇宙旅行者を自室キャビンに運ぶようたのんだ。また会えるとは思っていない。飲み食いしたぶんはデビットクーポンで支払った。ＧＯＩのメンバーはこれがあればＧＯＩ関連の星間銀行ネットワークを利用できる。さらに、気前よくチップもはずんだ。

ヴィーロ宙航士たちはしずかな夜をすごした。翌朝、朝食のとき、きのうの飲み仲間を探したが、どこにも見あたらない。ホテルのスタッフにたずねても、ヒロング・ポファーのことはなにも知らないという答えしか返ってこなかった。

正午ごろ、〝特務グループ・スラッチ〟はフェリーに乗りこみ、宇宙ステーションに向かった。貨物船は昨夜のうちに到着していて、貨物の積みこみを進めていた。その船は《リテムナ》という名前で、船籍はセフィスだ。セフィスはアルコンの古い裕福な植民惑星で、球状星団Ｍ－１３の辺縁にあった。この宇宙船は古く、メタグラヴ・エンジンをそなえ、超光速ファクターは最大で千五百万。アパスからアラロンまでの距離は六万五千光年以上あるので、航行は二日ほどになるだろう。

昔、セフィスの宇宙船は星間遠距離旅行者から高い評価を得ていた。サービスはすばらしく、客室は快適。それはソト支配下の十五年でも変わらなかったようだ。ファジー・スラッチはいい気分だった。仲間たちと船に乗りこむとき、船長みずから迎えてくれたからだ。船長のメルウィク・エン＝ヌレドは長身痩軀《そうく》の新アルコン人で、率直でおだやかな態度に、スラッチはすぐに好感を持った。船長はヴィーロ宙航士たちを歓迎すると、《リテムナ》を旅の船に選んだことを後悔させないと約束した。

客室はぜいたくなつくりで、最新の快適なサービスが用意されていた。船内の一日はセフィス人宙航士の習慣に合わせて昼間フェーズが十時間、夜間フェーズが八時間だ。食事の時間は日に三度あり、乗客は大食堂でいっしょに食べるようになっている。

むろん、乗客は食事の時間でなくても、夜間フェーズでも、すべての料理や飲み物を望みどおりに手に入れることができた。

《リテムナ》がアパスの宇宙ステーションをはなれたとき、最初の食事を告げるベルの音が響いた。宇宙船は高加速し、一時間後にメタグラヴ航行にうつる。ファジー・スラッチと仲間たちには大きな丸テーブルが用意された。ほかの乗客は例外なくブルー族だ。《リテムナ》はシムバン星系からきていた。料理や飲み物は小型浮遊ロボットが運び、ロボットは客から客へと移動しては、高級食材が山のように盛られたトレイから望みのものをとりわけている。個々の乗客の特別なリクエストにもみごとにこたえ、ヴェエギュルは故郷ガタスの名物料理を受けとれたし、アルコン人たちは水晶惑星の宮廷料理を食べている。ヴィーロ宙航士たちのテーブルの雰囲気はすばらしく、マザー・リッゾが不吉な話をしてもだれも気にしなかった。彼女はこういったのだが。

「食べて、楽しくすごしましょう、友よ。スプリンガーの族長を見つけたとき、どれほどの文明がまだのこっているのか、わからないのだから」

この言葉は水に流された。全宇宙に心配ごとはなにもないかのようだ。メザー・シャープが愉快な事件の話をする。ヴィーロ宙航士になる前にトプシド行きの宇宙船で経験したことだ。だが、ふと横に目をやって、話の途中で口をつぐみ、「おお！」と、気味が悪そうに声をあげた。

ファジー・スラッチは、どんな奇妙なことがあるのかと振りかえろうとした。だが、その必要はなかった。からだをひねるかひねらないかのうちに、うしろから甲高い声が聞こえたのだ。

「ま……ま、ゆうべの、飲み……飲み仲間だ。お元気かな、どう……同志たち？」

＊

ヒロング・ポファーをどう考えるかは人それぞれだろう。だが、食事仲間としては気持ちがよく愉快だった。前にしらふだったときから数週間はすぎていそうだとはいえ、押しつけがましくもなければ、酔っぱらいにありがちな無礼な態度もとらない。まとまりのない話から判明したのは、かれが昨夜、ベッドに行くかわりに宇宙ステーションへ飛び、《リテムナ》の到着直後に乗船したことだ。

ポファーは当然のような顔をして、ヴィーロ宙航士たちのテーブルの椅子に腰かけた。提供される食事にはすこししか手をつけない。かわりに飲み物を運ばせた。夜どおし飲むのが流行遅れになるのを心配するかのように。あとは当然のなりゆきだった。十杯めか十二杯めのジョッキをあけると、聞きおぼえのあるため息をもらし、目を閉じてゆっくりと椅子から滑り落ちた。医師二名がすぐにきて世話をし、キャビンへ運んでいく。

まもなく医師の一名がヴィーロ宙航士たちのテーブルにもどってきた。深刻ではないと請けあって、ヒロング・ポファーは遅くとも三時間後には立てるようになると説明した。

ヒロング・ポファーがときどき起こしたハプニングをべつにすれば、アラロンまでの旅はおだやかだった。最初の夜間フェズがはじまるころ、乗客は《リテムナ》の司令室を見学した。ヴィーロ宙航士たちはそのチャンスを利用して、何十万光年も旅をしてきた旅行者ならではの子供じみた高慢な態度をとってみせた。

見学ののち、ファジー・スラッチはメルウィク・エン＝ヌレド船長と話をした。ほかのヴィーロ宙航士たちがいなくなり、スラッチは、キャビンにもどって休もうか、食堂に隣接するバアで一杯やろうかと迷ったが、一杯のほうに決めた。そこで快適な内装のバアにひとりだけでいた高船長と鉢合わせしたのである。

ふたりはたがいの健康に乾杯し、エン＝ヌレドがたずねた。

「アラロンからどちらに行かれるのです？」

スラッチは肩をすくめた。マドラーで飲み物をかきまわし、

「仲間の多くは帰りたがっています。故郷のテラに。ヴェエギュルとアルコン人たちはまだ決めていないようです。また別れることになるんでしょう」

「また？　あなたがたは長い旅をしているのですか？」

「十五年以上ですよ」スラッチはまつげひとつ動かさずにいった。「イーストサイドばかりを。はじめは四十名いました。宇宙散策者です、わかりますか？　これといった計画もなく、次々と宇宙ステーションに行った。なりゆきにまかせて。いつも意見が一致するわけではなかったから、ときどきは何名かが別れていきました」

スラッチは平然と話した。すこし退屈したかのように。その話は証明できる。ＧＯＩが旅の履歴をうまくまとめ、自称・宇宙散策者が十五年のうちに訪れたすべての宇宙ステーションが記録にのこされている。

「では、あらたなソトのことはあまり知らないのですね？」メルウィク・エン＝ヌレドがたずねる。

「それがすこし心配なんです」と、スラッチは認めた。「イーストサイドではソトのことはなにも感じられない。西のほうはどうなってるんです？　テラにもどったら困ったことになるでしょうか？」

「いや、大丈夫ですよ」船長は微笑した。「まったくなにも。以前との違いにはほとん

ど気がつかないはずだ。ソトはじつにうまく立ちまわっている。どこにもあらわれず、手下も背後にひそんでいます。いないのでは、と思うほど。だが何日か、いや何週間かもしれないが、慣れてくると変化を感じるでしょう。違いを感じるはず。恐怖を……」

船長の声がかき消えた。

「あなたはソトの味方ではないように聞こえますね」しばらくしてスラッチはいった。

「ご冗談を！」言葉に苦々しさがにじむ。「なぜわたしがイーストサイドのルートを選んでいると思うのです？　スティギアンがまだきていないからだ。ここにはまだ古き日々の暮らしがある。戦士崇拝の災厄が降りかかる前の。だが、いつまでもつか？　あちこちから噂が聞こえてくる。ソトはブルー族に対して行動を起こそうとしていると」

ファジー・スラッチはかぶりを振って、

「まず、すべてを学ばなければ。あまりにも長いあいだ、自分たちだけで楽しんでいたんじゃないかと心配なんです。いま、現実に追いつかれた。全員がいっしょにいられれば、それがいいと思うんですが」

「どうするつもりですかな？　あなたがたテラナーは故郷にもどりたがっている。なぜアルコン人やブルー族が同行しなければならないのでしょう？」

「そのほうがいいと思って。長年のあいだに仲間になったんです。新しい状況に慣れていこうというときに、助けになるかもしれない」スラッチは目的もなくこの話をしたのではない。なにかを聞きだし、エン＝ヌレドの反応をためしたかった。「だから、ヴェエギュルや二名のアルコン人を引きとめられそうなことを思いつきました。アトラクションだ。いやとはいえないすごいことですよ」

いま、かれらの前には二杯めの飲み物があった。食事の時間にすこししか食べなかったスラッチは、酒でからだがかっとなるのを感じた。船長もそのようだ。

「なんなのでしょう？」船長が興味をしめした。

「アラロンからテラまで、銀河ウエストサイドにいる冒険好きなキャプテンといっしょに旅をするんです」

「だれだというのです？」

「キャプテン・アハブについて聞いたことはありますか？」スラッチは目くばせをして訊いた。

一瞬、メルウィク・エン＝ヌレドは驚いたようだ。それから顔をゆがめてにやりとし、最後にはからからと笑いはじめた。テーブルをこぶしでたたいている。

「キャプテン・アハブ！　よりによってあの男か！　不埒《ふらち》者のなかの不埒者だ！　いや、これは最高ですな」と、急に真剣な顔をしてテーブルにすこし身をかがめた。「なにに巻きこまれているのか、おわかりですか？」

スラッチは鋭く船長を見た。エン＝ヌレドの顔には猜疑心《さいぎ》のかけらもない。あるのはただ、青二才の単純さをおもしろがっている陽気な気分だけだ。

「巻きこまれたわけじゃありませんよ」スラッチは平然と、「イーストサイドのあちこちでキャプテン・アハブの話を聞いて、最後に思いついたんです。われわれ全員がかれといっしょにテラへ行くのは、いいアイデアなんじゃないかって。念のためにいっておきますが、わたしにとっては仲間が団結することがだいじなんです」

「それで、《オスファーI》がアラロンの宇宙港でぼんやりと観光客を待っていると思うのですか?」エン＝ヌレドの口のはしがいぶかしげにひくついている。

スラッチは偉そうに手を動かしてジョッキを倒しそうになった。

「運がよければ、なんとかなるものでしょう? キャプテン・アハブが食いついてきそうな話をもちかけられると思うんです」そういって、金を数えるしぐさをした。このジエスチャーは銀河系じゅうで通じる。

メルウィク・エン＝ヌレドは椅子の背によりかかった。

「本気でいっているのですね」

「もちろんです」スラッチがうなずく。

「あなたはソトの世界に順応しようとしている。それなのに、最初にかかわる相手が、あちこちで検査官に追われている闇商人なのですか?」

「わたしはなにも知らないんです」と、スラッチ。「闇取引とはなんの関係もないし、検査官というのがだれであれ、わたしにはなにもできない。ただ、キャプテン・アハブにわれわれをテラまで連れていこうと思わせたいだけです。かれについて聞いたことすべてによれば、いい経験になるはずだ。ヴェエギュルやふたりのアルコン人は見のがせないと思うはずですよ」

「よろしい。わたしが説得するのは無理なようだ。アハブにやってもらいましょう」

「どこにいるのか、知ってるんですか?」スラッチは興奮してたずねた。

「かれがアラロンにいれば、見つけるのはむずかしくないでしょうが」と、船長が答える。「アハブがあなたと会うかどうかはべつの問題です。だが、わたしにはつてがある。あなたとそのアイデアは……気にいった。あなたがアハブとコンタクトできるよう、手をまわしましょう」

＊

アラロンは球状星団M‐13にある恒星ケスナルの第四惑星だ。二千年以上前から地球の双子とみなされている。大きさ、気候、自転周期、海と陸の比率。これらすべてを見れば、自然は同じものを手本にしてふたつの惑星をつくったのだと思えてくる。アラロンの赤道にまたがる広大な大陸はアフリカ大陸の複製のようであり、その北岸に大都市や行政中枢が位置している。この大陸の中央に高さ六千から七千メートルの冠雪した山頂にかこまれた高原があり、そこに新宇宙港がおかれていた。ここ百年で建設されたもので、面積は二十万平方キロメートルほど。

《リテムナ》との別れは儀式めいたこともなく終わった。メルウィク・エン＝ヌレドは着陸直後に離船しなければならず、船長のかわりに乗客に別れの挨拶をしたのは首席宙航士だ。ヒロング・ポファーはめずらしくしらふで、ヴィーロ宙航士たちに宇宙港そばのホテルの名前を告げた。そこに五日間泊まる予定だから会いにきてほしいという。

ファジー・スラッチがメルウィク・エン＝ヌレドから受けとった住所には、宇宙港の北に接する小都市の名が書かれている。スラッチは移動手段を手配した。豪勢なグライダーで、乗合バスほどの大きさだ。ヴィーロ宙航士たちに急ぐ理由はなかった。スラッチにとり重要なのは、宇宙港の東に接して高くそびえるあらたな町を知ることだ。ソトの王笏《おうしやく》のもとにおかれた銀河系文明の第一印象を、ゆっくり味わいたかったのだ。

グライダーは低速で空中走路のコースをたどった。住所にあった小都市エウィ・ディン・ダンまでなら、距離もみじかくすいているコースがあると、オートパイロットはスラッチに三回にわたって説明した。だが、スラッチは頑固に道を変えず、ヴェナング・アモン、つまり〝星々への門〟と呼ばれる大都市の中心を通過するまわり道をせよと主張したのだった。

空中走路の高度から町を見たとき、スラッチは船長の言葉を思いだした。〝以前との違いにはほとんど気がつかないはずだ〟メルウィク・エン＝ヌレドはそう話していた。

そのとおりだった。スラッチはアラロンも昔から知っている。あれこれの商売をしていた日々、どれほど遠くまで行ったことか。星々への憧れにとりつかれる前の数年、銀河系主要惑星のほぼすべてに立ちよった。思慮深く堂々たる態度のアラスにはいつも圧倒されたものだ。かれらの悠々たる歩きぶり。長身痩軀のからだをすっきり伸ばした、ゆったりと熟慮された身のこなし……それはどこか故郷のコウノトリを思わせた。ときどきアラスとも取引をした。つねに浮世ばなれしているような、より高き野に浮いているような印象を受けた。したがって、かれらをだますのはかんたんだった。

ほとんど変わっていない。たしかに町は新しいが、赤道大陸北岸にあるきわめて古い中枢都市のひとつと変わるところはない。両側に街路樹があるひろい通りは手入れがいきとどいているようだ。アラスはほかの文明の巨大デパートや大型ショッピングセンターを嫌っていた。それもやはり変わっていない。何百ものちいさな店がならんだ商店街がある。恒星の光がたっぷり注《そそ》ぐ赤道地域の春のあたたかい日だった。正午になろうとしている。一時間後、通りは空になりはじめるだろう。アラスが午睡をとりに帰宅する時間だ。

下の建物のあいだを動きまわる姿のうち、何名がウパニシャド学校の生徒の制服といえるマイクロ技術満載のスーツを、つまりシャント・コンビネーションを着用しているのか、空中走路の高さから見わけるのはむずかしかった。

シャント・コンビネーション着用者と確実にわかったのは、一名だけだ。背が低く、この惑星の出身ではないようだ。スラッチはべつのことに目を引かれた。町の中心の上、青空高くに、鮮紅色に光る物体が浮いている。こぶしのようで、ソト＝ティグ・イアンが銀河系中枢部に設置した宇宙標識灯に酷似していた。光る物体の下で、〝真の預言者の啓示がこぶしのごとくおまえを襲う〟というグリーンの文字列が燐光《りんこう》のように点滅している。カルト教団のスローガンだろうか？　説教者のプロパガンダか？

ファジー・スラッチにはわからなかった。だが、シンボルは見えた。あれは力の象徴で、光る印を投影させている者は、それを理解したといいたいのだろう。ソトの象徴はアラスの主要世界に受け入れられている。

これは序の口なのだ。

都心の喧騒をあとにする。北には住宅地がつづき、飛行はなにごともなく進行した。右には高原の岩がちな地面が、左には宇宙港のなめらかで広大な敷地がひろがる。ときおり宇宙港からフェリーや宇宙船が浮上し、フィールド・エンジンのエネルギー流に支えられて音もなく青い空に向かった。

エウィ・ディン・ダンは商館のよせ集めのような町だ。宇宙港の北部セクターは大型貨物船専用だった。貨物船は高高度の周回軌道をめぐる宇宙ステーションに入るより、直接アラロンに着陸するほうがいいのだろう。この町にオフィスをかまえるのは輸出入の専門家だ。ヴィーロ宙航士たちはちいさなホテルの部屋を借りた。このホテルの客の多くは、宇宙船が着陸している数日間を船内ですごしたくない乗員たちだった。そのため、部屋はそれなりだった。ファジー・スラッチはユイミュイト・ケルディエールの快適さを悲しく思いだした。

スラッチが借りた部屋には小部屋がふたつあった。手荷物はあるが多くはない。さっそく計画の準備にかかった。アラロンには期限より早く着いたため、時間の余裕はある。だが、スラッチはメルウィク・エン＝ヌレドに紹介された輸入業者とコンタクトしたいと気がせいていた。ポケットからちいさなフォリオをとりだし、名前を読む。インターギャラクティック・インポートのフジョンダル・エスコロドゥル。エスコロドゥルは超重族のスプリンガーで、パリクツァ人だ。スラッチはテレカムをオンにしようとした。

「気をつけてください、監視されています」と、いきなり声が聞こえた。

スラッチは驚いて飛びあがった。シントロン制御のコンビネーションが、はじめて話しかけてきたのだ。

「だれに？」と、クラーク・フリッパー基地で教わったとおり、口を閉じてたずねる。コンビネーションの監視システムがどうやって不明瞭なつぶやきを聞きとるのか、スラッチにはわからないが、理解していることに疑いの余地はなかった。

「ベッドわきの壁面です」と、返事がくる。「ベッドの一・五メートルほど上に」

　壁に直径一センチメートル弱の褐色のしみがくっついていた。

「虫だ」スラッチがつぶやく。

「弱いとはいえ、明瞭に検出できるハイパー放射を発している虫です」監視システムがいう。「むしろ、マイクロゾンデでしょう。わたしが最初に気がついたのは、あなたがグライダーを降りたときです。機内からすでにいたのか、目的地で待っていたのか、わかりません。とにかく、あのときからついてきていました」

「ひとつだけか？」スラッチがたずねる。

「いまのところは」

　スラッチは自分のバッグを開けて一足の靴をとりだした。そしらぬふりで、片方の靴を手に、置き場を探し周囲を見る。偶然のようにベッドわきの壁に目をとめた。

「なんだ？　ここにはシラミもいるのか？」と、憤然とうなるようにいう。

　一秒後、ベッドのはしに膝をついた。ゾンデは逃げるそぶりを見せない。スラッチが全力で打ちかかると、靴底の下でなにかがきしんだ。弱い破裂音がして、ちいさな淡いブルーの閃光が壁沿いにはしり、壁材が焦《こ》げる。

　スラッチはコミュニケーション装置を操作。きゃしゃな女アラスが出る。

「部屋で虫を見つけたんだが」スラッチは苦情をいった。「靴でたたいたら爆発した」

そうでなくても面長《おもなが》のアラスの顔が、さらに長くなった。その表情から、客の思考力を真剣に心配しているとわかる。

「虫?」と、彼女はくりかえした。「爆発した?」

「調べてもらいたいんだ。ホテルに技術者はいるか?」

「はい。お部屋に行かせますので」

まもなく技術者があらわれた。ロボット装置を使って、壁の焦げたしみと、ベッドの上に落ちた虫らしきものの残骸を調べる。スラッチが〝シラミ〟にぶつけた靴底もチェックする。技術者の表情はよくわからない。分析しながら発する不明瞭なつぶやきも、スラッチには理解できなかった。

「これがなにかは、わかりません」と、技術者。調査を終えるとロボット装置を音もなく飛翔させて回収し、「このようなものをだれかがこのホテルで見たことはないので」

スラッチは奇妙ないいまわしだと思った。技術者はみずから認める以上に知っていると、確信する。

「これはマシンだ」と、スラッチ。「ゾンデかもしれない。だが、想像もつかないのは、だれかがなぜ、よりによってわたしのところにゾンデを送ったりしたのか」

「べつの部屋にうつってはいかがでしょうか」技術者がたずねる。「いえ、いっそのこと、べつのホテルに」

いやに熱心にすすめてくる。スラッチは徐々に感じてきた。いまの話を、とくにべつのホテルという提案を受け入れたら、このアラスはなによりもほっとするのだろう。

スラッチは首を横に振った。

「やめておくよ。ここにいる」

「かしこまりました」技術者はそう返事をして、堂々たる足どりでドアから出ていった。

ファジー・スラッチは考えこんだ。ベッドわきの壁にあった装置がなにか、アラスは絶対に知っている。なのに話そうとしなかった。知っていることを口にするのは危険だからか？　恐がっているように見えた。そのうえ、部屋で奇妙なものを見つけた客をホテルから追いだそうとした。

この出来ごとをどう解釈すべきか、スラッチには明らかだった。ソトの手下が〝特務グループ・スラッチ〟のシュプールを追っているのだ。

4

フジョンダル・エスコロドゥルと話すのはかんたんではなかった。エスコロドゥルの通信装置にはロボット監視がつき、礼儀正しいが明らかに突きはなしたようすで用件をたずねてきた。ボニファジオ・〝ファジー〟・スラッチは名を名乗り、オフィスのあるじのパリクツァ人と取引の話をしたいと説明した。どのような取引かとロボットがたずねる。フジョンダル・エスコロドゥルだけに自分で伝えたいと、スラッチはいらいらしながら応じた。ついで、メルウィク・エン＝ヌレドからこの輸入業者のもとへ行くようにいわれたといいそえる。

すると、ロボットは明らかに愛想がよくなった。フジョンダル・エスコロドゥルは残念ながら外出しているが、呼出コードを教えてもらえればもちろん折りかえすという。スラッチはコードを伝え、ほんとうに三時間後、エスコロドゥルが連絡してきた。

それが数時間前のことだ。スラッチは日没の二時間後にパリクツァ人と話す約束をした。同行者を二名連れていくと説明している。フジョンダル・エスコロドゥルは、どのような取引かとたずねもしなかった。スラッチは安全のため、自分から面会の意図を話すのはひかえておいた。エスコロドゥルのオフィスはホテルから徒歩で十五分もかからない。スラッチはヴェエギュルと女アルコン人のヴァー・ゼルコルに同行をたのんだ。ヴァーは若くてきゃしゃで、少女のように見える。いつか彼女の機嫌をとるようになるかもしれないと、スラッチは思っていた。

目的地はすぐそばで、グライダーを使うまでもない。すばらしく美しい夜だった。空は一枚の光の絨毯《じゅうたん》で、何万という近傍の星々がちりばめられている。ケスナル星系は大球状星団M－13の中枢部から四十光年ほどしかはなれていない。星々は危険なほど密にひしめきあい、一立方光年あたり四個もある。星の海を合わせた明るさは恒星ケスナルにひけをとらないが、夜の光は昼のそれとは違い、やわらかくてぼんやりしていた。影はできない。

小都市エウィ・ディン・ダンは死に絶えたかのようである。遠くから宇宙港のくぐもった音がした。巨大宇宙船が一隻、町の屋根の上に浮上し、星々の光を受けてきらめきながら、悠然と天穹《てんきゅう》の光の充溢に消えていった。フジョンダル・エスコロドゥルのオフィスはひろびろとした平屋の建物で、正面入口の光る文字から、本日の営業は終了し、再開は明朝九時だと読みとれる。だが、ファジー・スラッチが重々しいグラシット製ドアに近づくと、守衛ロボットの声が話しかけてきた。

「どのようなご用件でしょうか？」

スラッチは名前を告げて、同行者も紹介した。

「お入りください。歓迎します」と、守衛ロボット。「ご同行の二名もどうぞ。表示にしたがってお進みください。どうかごゆっくり。フジョンダル・エスコロドゥルは数分でまいります」

三名は明るく照明された長い通廊を行き、応接セットがあるちいさな部屋に入った。ファジー・スラッチはソファのひとつに向かい、ゆったりと腰かけたが、いぶかしげに目をあげる。いままで開いていたドアが派手な音とともに閉まったのだ。ただ、それ以上はなにも起きなかったので、ふたたび冷静になる。

十五分が経過すると、それまでは意味がないように見えた背後の壁の一部が開き、幅広の通廊があらわれた。親しげな声が、近くにくるようヴィーロ宙航士たちにもとめる。がらんとしたみじかい通廊を抜けると、贅沢な内装のひろい部屋に着いた。入口のそばにフジョンダル・エスコロドゥルが立っている。見まちがえようのない超重族のスプリンガーで、身長は百五十センチメートルをわずかにこえ、肩幅も同じほど。角ばった頭蓋はどっしりしていた。明るいグレイの目が、訪問者を射るように、だが友情をこめて見ている。

「わがかくれ家へようこそ」と、パリクツァ人が挨拶した。「くつろいでいただきたい。

さ、友情の飲み物をどうぞ。わたしとしたいという取引の話をする前に」

その部屋には通信装置やデータ端末がのった大きな執務デスクがあった。アルコンでつくられた骨董品だろう。これだけでもひと財産のはずだ。そのそばの椅子はフジョンダル・エスコロドゥルの体格に合わせて低く切られている。壁ぎわに小テーブルとソファのセットがあり、これもアルコンのアンティーク風だ。床は地味なベージュの絨毯でおおわれ、その上にツァリトの絨毯職人の工房でつくられた高価な細長い敷物が置かれていた。

まちがいない。フジョンダル・エスコロドゥルは輸入取引でひと儲けしている。自分の富をひかえめに披露するのは、かれの美徳にふくまれていないのだろう。小テーブルの上にはよりすぐりの飲み物がならんでいて、ヴィーロ宙航士三名はおのおの部屋を横切って飲み物をついだ。パリクツァ人のほうは、淡いブルーのクリスタルから磨きだされたきらめくジョッキを手にとり、ファジー・スラッチに近づいてきた。

挨拶の儀式を充分にすませると、スラッチは用件を切りだそうとした。だが、フジョンダル・エスコロドゥルが先に口を開く。

「しばしのがまんをお願いしたい、友よ。あなたがたは急いではいないはず。そうですな？　よろしい。お礼をいいたい理由がある。重要な情報をもたらしてくれた」

ヴィーロ宙航士たちは驚いて目をあげた。

「なにも知らないと？」パリクツァ人は鷹揚《おうよう》な皮肉をこめてたずねた。「不思議ではない。われわれがかかわっている者は、こちらをはるかに凌駕《りょうが》する技術の使い手だ。十五分も控室で待たせて、不思議だと思わなかったかね？　あなたがたは寛大だ、わたしを非難しないとは。フジョンダル・エスコロドゥルには奇妙な好みがある。つまり、埃ががまんならんのだ。どの客も埃をつけてくる。埃の粒には好ましくない性質があり、着衣に付着し、静電気でしっかりとつく。静電気を中和すれば埃を除去できるわけだ。支えを失って下に落ちる。遅まきながら、あなたがたががまん強く待っていた控室には、そのような中和装置があった。わたしのわずかな奇行をご理解いただきたい。前もって了承を得ずに対静電処置をとるのは、礼儀にもとるとはいえ、やる価値はあった。見るといい！」

照明が弱まった。部屋のまんなかにホログラム・プロジェクションがあらわれる。顕微鏡の検体プレートがうつしだされ、そこに十数個の不規則なかたちの粒子が見える。

「埃の粒だ」フジョンダル・エスコロドゥルが説明する。「すくなくとも、そういわれている。なにが起きるか、注意していただきたい！」

粒子が動きはじめた。滑りより、融合する。立方体が生じた。

「あなたがたが見ているのは、昔はマイクロチップと呼ばれていたものだ」と、パリクツァ人。「一辺の長さは四マイクロメートルほど。このようなマイクロチップが十個集まると、極小マイクロコンピュータになる。これがじつに大量の情報を集めて保存できるのだ。敵は、標的に無害な埃の粒を振りかけるだけでいい。埃の粒がどのようにしてマイクロチップになり、マイクロチップが小型コンピュータになるか、それはまだわかっていない。だが、外に何者かがいる。今夜、このオフィスでなにが話されるのかに、強い興味を持つ者が」

映像が消えた。照明がふたたび点灯する。

「それで、われわれが、あなたにもたらしたのは、どんな情報なんでしょう？」ファジー・スラッチはつかえながら訊いた。

パリクツァ人はジョッキでふさがっていないほうの手で、ホログラムがあった場所をさししめした。

「わたしが敵の容疑者リストにのっていると知るのは、重要なことではないかね？　さらに、この出来ごとでわかったことがある。あなたがたもまた、友よ、敵から疑われている。そうでなければ、なぜあなたがたを危険な埃の運び役に仕立てたりする？」

スラッチはグラスを空にして、勢いよくテーブルに置いた。

「あなたは敵について話している。われわれがかかわっている相手でもあるはずだ。だれのことです？」

フジョンダル・エスコロドゥルはだしぬけに真剣な顔をした。

「もしそれを知らないのなら、友よ、わたしはあなたについてまちがったイメージを持っていたことになる」と、わずかに非難をにじませ、「永遠の戦士の預言者のほかに、だれがいるというのか？　つまり、ソト＝ティグ・イアンのほかに？」

＊

「そのようなことではないかと思っていた」ファジー・スラッチが用件を話すと、フジョンダル・エスコロドゥルはいった。「わたしから禁制の品を買いたいとか、手をまわしてほしいとか。だが、こう即答するしかない。わたしには無理だ。わたし自身は違法な品はあつかわない……規制している法律は不当だと考えているとしても」

「キャプテン・アハブと話せるように、仲介してもらうことはできます？」と、ヴァー・ゼルコルがたずねた。

「そう急ぎなさるな、ちいさなご婦人」パリクツァ人は微笑した。「わたしがアハブと連絡をとれば、あなたがたが話したいのはどのような用件かと、訊きかえされてしまう」

「合言葉はニャラムよ」と、ヴァー。「あなたにとってはなんの意味もないかもしれないし、なにを示唆《しさ》しているのか、われわれも知らない。でも、アハブは知っているわ」

フジョンダル・エスコロドゥルは両手を合わせ、ひとさし指で上をさししめした。これはスプリンガーの同意をしめすしぐさである。

「すこし考えさせてほしい。わたしの知るかぎり、あなたがたはまだアラロンを出る旅客便の予約をしていない」スラッチが眉をあげるのを見て、パリクツァ人は急いでつづけた。「ま、わたしと取引をしようという相手の情報収集は必要なのでね。このごろでは慎重さがきわめて重要だ。もしアハブと取引できれば、そうだな、あなたがたはアラロンを出る便を確保していない。なんの話だったか？ そう、あなたがたはアラロンを出る旅客便を確保していない。もしアハブと取引できれば、そうだな、一時間以内に《オスファー I 》に乗船することになるのでは？」

スラッチは心のなかでパリクツァ人に脱帽した。フジョンダル・エスコロドゥルは推理の名人か、GOIの計画を知る事情通なのだろう。《オスファー I 》はキャプテン・アハブの宇宙船である。エスコロドゥルは知っていたか、推測したのだ。ヴィーロ宙航士たちの目的は、スプリンガー船に乗ってアラロンをはなれることだと。

「なぜそんなに急ぐ必要が？」スラッチはたずねた。

「あなたは敵のシュプールを目撃した」と、フジョンダル・エスコロドゥル。「これはほんとうに、あなたが受けとった最初のサインか？」

「違う」スラッチは認めた。「ホテルの部屋で見つけたゾンデの話をする。「だから不思議だと思ったんです。わたしの……えと、身につけている測定装置が、マイクロ粒子に注意するようにいわなかったのは」

「できなかったのだ」パリクツァ人が口をはさむ。「マイクロ粒子は不活性だ。完全な装置に組みあがってはじめて、あなたの監視システムが検出できる散乱放射を発する」

エスコロドゥルはファジー・スラッチがそなえる技術装置を詳細に知るかのごとく話している。「しかし、もっと重要なのは、あなたがだれの目を引いたのか、頭をひねることだろう。なぜ、よりによってあなたにゾンデを送った？　あなたがたにチップの微粒子を振りかけようと思いついたのはだれか？　あなたがたがどこからきて、どれほど長く旅をしているのか、わたしは知らない。自分たちの計画について、だれかに話したか？」

「これまでに洩らしたのはひとりだけです」ファジー・スラッチは考えこみながら、「キャプテン・アハブを探していると、メルウィク・エン＝ヌレドには話した」

エスコロドゥルは否定の身ぶりをした。

「エン＝ヌレドは保証できる。かれがソトの手下ではないからというだけではなく、聞いた話を口外したりはしないからだ」

「ヒロング・ポファーは？」と、ヴァーがいった。

ヴェエギュルが甲高いひゅっという音を発した。人間の笑い声のブルー族版だ。

「もしポファーにわれわれの意図を話していたとしても」と、ブルー族。「翌朝、夜に聞いた話は記憶のどこにものこっていないだろう」

「そうだな」スラッチは同意した。「ヒロング・ポファーは忘れていいと思う。それ以外にはほんとうにだれともコンタクトはとっていない」

「だれであるにせよ」フジョンダル・エスコロドゥルは話をもとにもどした。「敵はあなたがたのあとをつけている。疑っているのだ。関連する情報を集めようという試みは水泡に帰したが、あとどれほど、あなたがたをほうっておくだろうか？」

ファジー・スラッチは返答を避け、こう訊いた。

「あなたはどうなんです？　ソトのスパイから、すくなくともわれわれと同じほどには疑われている。われわれが会いにきたし、あのマイクロチップを無効化した。あなたもわれわれと変わらないんじゃありませんか？」

パリクツァ人は顔をゆがめて皮肉めいた笑みを浮かべた。みじかくためらってから、「栄光のティグ・イアンに支配された生活の教訓を学ぶことだ、友よ」と、答える。

「ソトがきたのは、われわれに恒久的葛藤の教えの英知を理解させるため。かれの知識はわれわれをはるかに凌駕している。だがかれは、その教えをわれわれの喉の奥に突っこもうとしただろうか？　ただちに絶対権力を握り、かれのきわめて賢明な目から見て正しいことを信じるよう、われわれに強制しているだろうか？　していない。ソトは数千年かけてつくられた構造を維持させている。アルコン人はみずから統治しているし、ブルー族もそうだ。スプリンガーは相《あ》いかわらずゆるやかな共同体をつくり、テラには自由テラナー連盟がある。さらに、どの種族も銀河系の運命をつかさどるギャラクティカムに加入している。ソト＝ティグ・イアンはなにも変えなかった。

寛大なのだ。われわれの星の島のあちこちの居住惑星にウパニシャド学校を開校した。ウパニシャド学校に行った者は、戦士法典を、恒久的葛藤の教えを学ぶ。永遠にソトの手下になる教育を受ける。この筋書きのなかでは、自由意志を失って依存性ガスの戒律にしたがうことは、副次的な役割しかはたしていないように見える。

ソトはやすやすと仕事を進めている。公然と戦士崇拝をけなす者をも容認し、服従・名誉・戦いの戒律など野蛮だとさえいわせている。だが、どこかでがまんの限界はくるはずだ。自分たちの領土にウパニシャド学校は開校させないと宣言した政府は、メッセージを受けとることになる。そのメッセージとは、相手政府の防衛施設の弱点を指摘し、ささやかな戦力による攻撃であっさりかたづけられると見せつけるものだ。あるいは、政府の指導者が姿を消して二度と見つからなくなったり、輸入割当量を変えられて、反抗的な政府の惑星に規制物質がとどかなくなったりするだろう。パラ露やホワルゴニウムや、ほかのなんであろうと。

ソトは手かげんしている。だが、しつこく抵抗する者には怒りを見せつける。わたしには友がいた。ビュユヴィエという名のブルー族で、アルコンの通信社で働いていた。責任あるポストにつき、ときどき連載記事を書いていた。ビュユヴィエは戦士崇拝にかかわるものすべてを根っから嫌っていた。だからそのような記事を書いた。恒久的葛藤の野蛮さについて書き、ヴィーロ宙航士が力の集合体エスタルトゥで目撃者となり体験した残忍なことについて、証言をいくつかまとめた。ソト＝ティグ・イアンが宇宙標識灯を稼働させ、ヴィールス船が銀河系に入れないようにする前のことだ。あのころ、われわれはときどき十二銀河のニュースを受けとっていた。

そのビュユヴィエに奇妙なことが起きたのだ。最初の記事を発表したときはまったくなんの反応もなく、二度めの発表ではいくつか連絡があった。頭脳は健康かと真剣に心配されたそうだ。三つめの記事が出ると、脅された。そのときにわたしはかれと話した。かれはこういったよ、〝フジョンダル、わたしは萎縮したりしないからな。ソトに説教をする。曲げられる指があるかぎり〟と。その直後、わたしは何カ月も旅に出かけた。だが、アラロンにもどってビュユヴィエと連絡をとろうとしたとき、かれはもういなかった。最後にわたしと話した直後に姿を消して、それから顔を見た者はいない。

そこからだ、友よ、わたしが教訓を学んだのは。わたしは記事は書かない。戦士崇拝は無意味だというわたしの考えは、わたしと取引する者か、親しい者だけに聞いてもらう。だが、わたしはそんじょそこらの商人ではない。名前は信用され、取引量はたいしたもの。わたしの話は聞いてもらえる。わが敵も聞く。ゆえに、ソトの陣営ではわたしは法典の敵だと知られている。だから財産の大部分を流動化した。あっという間に両替できるように。あれからどこにも根をおろしていない。ソトの追っ手がくると心配すべき瞬間がくれば、逃亡するというわけだ」

フジョンダル・エスコロドゥルは、縁までなみなみとつがれた二杯めのクリスタル・ジョッキに手を伸ばした。ごくりとひと口飲み、

「あなたの問いへの答えだが、友よ」と、パリクツァ人はスラッチにいった。「わたしはタイミングのサインを見わけられるし、解釈もできる。あすまたここにくるといい。そうすれば、エスコロドゥルのオフィスが閉められたこと、エスコロドゥルはどこともつかぬ目的地へと旅立ったことを知るだろう」

ファジー・スラッチはしばらくすわって考えこんでいた。やがて立ちあがって、

「そろそろ、キャプテン・アハブと連絡していいころだろう」

＊

《オスファーI》は伝統的なスプリンガー様式の宇宙船だった。長さ八百メートル、直径百二十メートルの転子《ころ》状だ。近傍の星々の明るい光を受けて、鮮明なグリーンの光格子《ごうし》にかこまれた正方形の着陸床に置かれていた。夜の明るさは巨大船を引きたてるものではない。テルコニット外被に恒星間の塵《ちり》がつくった何百万もの線状痕や、強い宇宙線で生じた宇宙錆《さび》のグレイの大きなしみをくっきりと目だたせている。

宇宙船には、そのあるじと同じほど伝説があった。《オスファーI》は長い生涯で三億光年をはるかにこえる距離を翔破したと噂されている。キャプテン・アハブの航行はただの一度で十年以上におよび、その乗員はほかのギャラクティカーが見たこともない惑星や種族を目にしたという。《オスファーI》は有力なオスファー氏族の指揮船で、キャプテン・アハブは本名をモセク・バン・オスファーといい、族長だった。だが、事情を知るはずの者、たとえば宇宙港長などに問いあわせても、《オスファーI》以外のオスファー氏族の船は見たことがないというだろう。氏族の船は何十隻とあるはずだが、数百万光年にわたる銀河間宇宙に散らばっていて、ほとんど目撃されなくても不思議ではなかった。

真夜中から二時間後、ヴィーロ宙航士十三名は出発した。フジョンダル・エスコロドゥルからメッセージがとどき、キャプテン・アハブにはかれらを受け入れる用意があると伝えてきたのだ。

「特殊な状況を勘案して」と、パリクツァ人は謎めいたいい方をした。「滞在時間はみじかいものと考えてもらいたい」

エスコロドゥルのメッセージを傍受した者は、《オスファーI》船内での滞在時間の話だと考えるにちがいない。だが、ファジー・スラッチはどういう意味か理解していた。アラロン滞在がまもなく終わるということ。超重族が話していた特殊な状況のために、かれらはアラスの惑星をできるだけ早くはなれる必要があるのだ。

グライダーは古い宇宙船の傷だらけの外被沿いに飛行していた。サイケデリックな色が入り乱れた模様が巨大な船体をおおっている。狂気におちいりかけた芸術家が長期間にわたる宇宙滞在のシュプールをかくそうとしたかのように。船首の大エアロックで輝く高さ三十メートルの金のシンボルは〝オスファーの恒星〟という氏族の紋章である。

エアロックのなかで、髭《ひげ》を生《は》やしたスプリンガーの一団がヴィーロ宙航士たちを待っていた。歓迎はひかえめで、スプリンガーは客を信用していないようだ。ヴィーロ宙航士たちが乗ってきたグライダーは当面、船内にとどめられた。観察者は……そのような者がいたとしてだが……訪問者の滞在ははみじかいと考えるだろう。

「きみたちのキャビンは用意してある」と、髭の者の一名がいう。「ここにいるシッダが案内する。待て！　そこの三名はわたしについてきてくれ」

そういって、ファジー・スラッチとヴェエギュルとヴァー・ゼルコルをさししめした。

三名は黙ってスプリンガーについていく。反重力シャフトに向かい、十数層のデッキを通過して、はるか上まで行き、みじかい通廊を通ると、奇妙に見おぼえのある小キャビンに着いた。

「ここで待つように」と、スプリンガー。

髭の男が出ていくと、ハッチはひとりでにしまった。ヴェエギュルがまわりを見て、

「ここには一度きたことがある気がする」

「そうだな」と、スラッチ。「ただ、それはエスコロドゥルのオフィスにあった部屋だ」

「埃のチェックね」ヴァーが皮肉をこめて、「同じ目的で使う部屋が同じように見えるのは当然だわ」

今回、スラッチはよく気をつけていた。静電フィールドを中和し、着衣から埃を落とす作用を感じとろうとする。だが、なにもわからなかった。

エスコロドゥルのオフィスと同じく、ここでも十五分ほどして後方の壁のハッチが開いた。ファジー・スラッチがそこに向かい、弱い照明のキャビンをのぞくと、家具や装飾品、絵画や彫刻が詰めこまれている。かれを鋭い目で見ている背の高いスプリンガーまで、内装の一部と思いかけた。

「キャプテン・アハブがきみたちの来船を歓迎する」と、長身の者が低い大音声《だいおんじょう》でいった。

ファジー・スラッチの目が、赤みがかったぼんやりした照明に慣れるまで、すこし時間がかかった。キャプテン・アハブは身長百九十センチメートルほどの偉丈夫だ。肩幅はひろく、樽のような胸をしている。アハブの長い髪は炎のように赤く、顔全体に生えた同じ色の髭はベルトまでとどく。派手な黄色とブルーの縞《しま》のゆったりしたズボンをはき、脚は真っ赤な長いブーツにおさまっていた。けばけばしいグリーンに光るみじかいマントをはおっている。フェルト化した赤い髭のあちこちにちいさな人形を飾り、金や宝石がきらめく。スラッチは小動物の頭蓋骨や、裸の女をかたどった五センチメートル大の陶製人形も見てとった。

その男にはさらに目を引かれるところがあった。両足がゆがみ、ななめ横へ突きでているのだ。スラッチは自問した。なぜ、このスプリンガーほどの男がこれをそのままにしているのか。どのような医療技術者でも治せそうだが。

「全員を代表して、歓迎に感謝します」と、ファジー・スラッチはいった。「あなたがよくご存じの男の代理でここにきています。すこし混乱しているのですが……」

「ほっほっほう！　混乱しているのか、わが友よ！」キャプテン・アハブは上機嫌の発作を起こし、爆発する火山のような轟音《ごうおん》を響かせた。アハブは前に足を踏みだし……実際に、かれはカニのように横へ歩くのだが……友情をこめてテラナーの肩をたたいた。あまりの強さにスラッチの膝が曲がる。「きみは詳細な指示は受けていない、そうだな？　事情がわからず、キャプテン・アハブをつかまえられなかったらどうしよう、などと考えていたのだろう。クラーク・フリッパー基地の奥にいる男のやり方はわかっている。きみたちはパラ露がほしいのだな？」

いきなり核心を突かれて、スラッチはさらに混乱した。

「はい、そうです」と、急ぎ答える。「しかし、われわれにではなく……」

「ある特定の場所にとどけてほしいと？」

「テ……テラへ」スラッチはつかえながら答えた。

「よかろう。場所はわかる。量はどれほど？」

「五キログラムです」

「それもよし。手もとにある。すぐに出発できる」

「でも……でも……」スラッチはとほうにくれて口を開いた。

「まだなにがあるのだ、わが友よ？」スプリンガーが愛想よくたずねる。「話してみろ」

「支払いのことなんですが」と、スラッチ。「金を持っていないんです」

またしてもキャプテン・アハブはとどろくような笑い声をあげた。スラッチが耳をふさぎたくなるほどの音量で。

「金の心配はいらん、わが友よ！　クラーク・フリッパー基地の男は、たかが五キログラムのパラ露の代金以上に、わたしによくしてくれているのだ」

スプリンガーの族長はさらになにかいおうとしたが、かぼそい笛のような音にさえぎられた。

「なんだ？」と、横を向いてたずねる。

「任務をかたづけました」背後から声が応じる。「お望みどおり、目だたないように。アンドロイドです。いつもどおりですな。脳はそう大きくありません」

「よくやった」キャプテン・アハブがほめて、ヴィーロ宙航士三名にもとめる。「いっしょにきてくれ」

族長の歩き方は奇妙だった。足が曲がり、横歩きをするしかないのだが、そのハンディキャップにもかかわらず動きはじつにスムーズだった。横歩きをからかおうとする者はいない。転送機で着いたキャビンは照明がまばゆく、スラッチは思わず目を閉じた。壁ぎわに技術装置がならんでいる。中心に金属プレートが敷かれたラボ用テーブルがそびえ、そこで三名のスプリンガーが作業をしていた。

「わきによけろ！」キャプテン・アハブが命じる。

スプリンガーたちがしたがうと、デスク面への視界がひらけた。スラッチは悲鳴をあげた。膝が震えはじめる。

テーブルの上にヒロング・ポファーが横たわっていた……いや、むしろその残骸が。

＊

「アンドロイドだ」キャプテン・アハブが見くだしたように、「生体脳と生体外被のほかはすべて技術製品。フジョンダルからきみたちの訪問の報告を聞いて、ソトのスパイがきみたちのあとをつけているとわかった。スパイは、ここアラロンではきみたちのシュプールを追えなかった。メルウィク・エン＝ヌレドに問いあわせ、アパスからの旅程できみたちがだれとコンタクトしたか聞いた。あとはかんたんだった。このアンドロイドがいたるところできみたちのあとをつけていたのだ。例のゾンデはやつのしわざだ。きみたちが知らないうちにマイクロ埃を振りかけたのもそうだ。きみたちがホテルをはなれる前に、わが専門家たちがポファーのシュプールを追った。われわれの知るかぎり、このアンドロイドはソトのほかのスパイとコンタクトはとっていない。罠にかかり、無力化された……宇宙港から遠くはなれたところで。したがって、われわれに疑いはかからない」

スラッチはぞっとした。ヒロング・ポファーのからだには分子破壊ビームが命中している。下半身はずたずたで、脚はもはや存在しない。胴体の空洞にはマイクロ装置が詰まっている。生体部に酸素や栄養を運ぶ血は、色のない合成液体で、実験テーブルの金属面に浅い水たまりをつくっていた。

スラッチはまわれ右をした。吐き気が喉にこみあげたが、なんとかおさえる。

「すんなり終わったんならいいですが」と、おちつかない声でもらした。

キャプテン・アハブがいぶかしげにスラッチを見る。

「なにがいいたい？」

「かれ……苦しまなかったのですか？」

「古きスプリンガーの神にかけて！」アハブが大声を出す。「そんなことを心配するのか？　きみの最悪の敵だぞ。ほかの者が頭に仕込んだプログラミングにしたがっていただけにせよ。それを、痛みに苦しんだかどうか知りたいだと？」

「はい」と、スラッチは答えた。意識の奥のどこかで〝ごけ……ご健勝を、どう……同志たち！〟という声が響いている。むろんすべては芝居だった。アンドロイドが酔っぱらうはずはない。何度もテーブルの下に滑り落ちたときに手当てをしたあの医師たちを、どうやってだました？　なぜコンビネーションの監視システムはポファーに反応しなかったのか？　スラッチはわかってきた。エスタルトゥの技術は、これまで考えていたよりもはるかに危険なのだ。

「アンドロイドに感覚はない。痛みもほかのなにも感じはしない」キャプテン・アハブの不機嫌な声が聞こえた。スラッチが死んだスパイの心配をするのが気にいらないのだ。

「たとえ痛みを感じても、死んでもらうしかなかった。こいつはソトの被造物だ」

＊

《オスファーI》は日の出の直後にスタートした。ボニファジオ・〝ファジー〟・スラッチの混乱はそのままだ。アラロンに送られた目的がわからない。すべてが自動的に進行した。必要なパラ露はある。キャプテン・アハブはそれをテラに運ぶ用意があり、スラッチや仲間にはさっぱりわからない謎の受けとり手の住所まで知っている。ならば、ヴィーロ宙航士たちはなんのために必要だった？　キャプテン・アハブにＧＯＩの要望を伝え、《オスファーⅠ》をスタートさせるには、かんたんなシグナルですんだはずだ。クラーク・フリッパー基地からアパスへの、さらにアラロンまでの航行にはなんの意味もなかった。すくなくともスラッチはこの状況をそう見ていた。

キャプテン・アハブはなにも説明しない。スプリンガーは不機嫌を克服し、客を申しぶんなくもてなしている。だが、スラッチが自分の任務に意義はあったのかとたずねても、テラナーのようなしぐさで腕をあげて、大音声でこう告げるばかりだった。

「訊く相手をまちがえているぞ、わが友よ。クラーク・フリッパー基地の奥にいる男がなにを考えているのか、どうしてわたしにわかる？　なにかは考えていたのだろうが」

アラロンからテラまでの距離は、三万四千光年である。

「三十時間ほどかかるだろう」キャプテン・アハブの目を奇妙な光がよぎった。「《オスファーⅠ》は古い宇宙船だ。多くをもとめてはならん」

それは、一千万弱の超光速ファクターで要する時間だった。スプリンガーの口ぶりは、この船の性能ならはるかに高速を出せるといわんばかりだ。だが、なぜスプリンガーが銀河間航行中に《オスファーⅠ》のエンジン性能を最大限に投入しないのかは、理解できる。ソトのスパイや検査官はどこにでもいる。キャプテン・アハブにとり、自船が老朽化した小舟だと思われるほうが好都合なのだ。

スタートから六時間後、モセク・バン・オスファーは客を歓迎の宴に招待した。《オスファーI》には昼間フェーズと夜間フェーズを人工的に切り替える習慣はないが、族長は〝夕食〟だといった。この宴のために、キャビンがひとつ用意された。アハブの自室キャビンのそばにあり、数十名の客が充分に入る。ここのようすはキャプテン・アハブがヴィーロ宙航士三名を迎えたキャビンに似て、奇怪さと壮麗さがまじりあっていた。スプリンガーの族長はフジョンダル・エスコロドゥルと変わらないほど裕福なのだろうが、趣味のよさはそなえていないようだ。

アハブ自身もキャビン同様のめかしこみぶりだった。いまは金色のズボンとブルーのブーツをはいて、みっしりと刺繍の入ったボレロをはおり、上半身の半分は露出している。それで《オスファーI》のあるじは刺青アートの愛好者とわかった。肌をおおう絵柄は卑猥といえるほど趣味が悪い。きわめて多彩な色が使われ、いくつかの輪郭には光る微小クリスタルが埋めこまれていた。キャプテン・アハブが誇らしげに語ったように、純水でできたダイヤモンドのかけらである。

食事は古典的なスプリンガーの宴で、ロボットではなく乗員が給仕する。ファジー・スラッチは気になっていることを話題にした。

「あなたはパラ露を船に積んでいますよね」と、キャプテン・アハブに話しかける。「わたしの知るかぎりでは、パラ露は集まりすぎると危険なはず。突発的爆燃の作用からどうやって身を守るんです？」

キャプテン・アハブはにやりとした。大きく切ったステーキをじつにうまそうに口に押しこみながら。

「《オスファーI》は古く見えるが」と、両側の頬で嚙み、「内部にあるのは最新鋭技術だ。むろんパラ露はエネルギー保護容器のなかで、船にはつねに少量をのせている。あちこちですばやく取引ができるだけの量を。在庫はもっとあるが、べつの場所に保管している。この船でもかくし場所でも、保管先はパラトロン・フィールドで守られている。なにも起こりはしない、わが友よ」

キャビン奥の空中にスクリーンがあり、これまではハイパー空間の輪郭のないグレイがうつしだされていた。そこになんの前触れもなく銀河系の星の海があらわれる。《オスファーI》が方位確認のためにメタグラヴ航行から四次元時空連続体に復帰したのだ。

「わたしがいいたいのはそれなんですよ」と、ファジー・スラッチ。「パラトロン・フィールド・ジェネレーターは強力な散乱放射体だ。もしいつかソトの検査官が船内にきたら、パラ露を船内にかくしていると、すぐに知られてしまうでしょう」

キャプテン・アハブは嚙むのをやめた。その顔に翳《かげ》がかかる。

「友よ、いやなやり方で食欲をだめにしてくれるな」と、うなるようにいった。「《オスファーI》はいままで検査官と知り合いにならないようにしてきた。なぜわざわざ悪魔を呼びだすようなまねをする？」

ファジー・スラッチは波乱万丈の人生で数多くの荒々しい気性の生物と出会ってきた。キャプテン・アハブの火のような反応にも動揺はしない。違うと手を振って、陽気なコメントでアハブの怒りをしずめようとする。ところが、そうはいかなかった。

警報サイレンがけたたましく鳴りひびいた。だが、その音が聞こえたのは数秒だけで、音声通知が入る。

「司令室より族長へ。ソトの護衛艦が一隻、こちらに向かってきます。減速停止を要求されました。検査官団を当船に送りこむつもりです」

キャプテン・アハブの顔が不自然に硬直したように見えた。しぶしぶナプキンをつかみ、たたんで髭と口をぬぐう。

「減速停止だ」と、大声で、「ほかのすべては、わたしが司令室に行くまで待て」

アハブは立ちあがった。目をぎらつかせ、愛想の消えた笑みがその顔に浮かぶ。

「きみは妖術使いだな」スプリンガーはスラッチにいった。「悪魔があらわれた。いっしょにきて、われわれがソトの手下をどう料理するか見ていろ」

5

拡大すると、驚くべき大きさの半球形宇宙艦があらわれた。まだ一万キロメートル以上はなれているが。半球ドームは真円の艦尾の上に高さ三百メートルでそびえ、艦尾はソト護衛部隊の宇宙艦に独特な蜂の巣模様。まるい艦尾のへりの円の中心をはさむ両端にふたつの点が、つまりグラヴォエネがあった。巨大な爆弾を思わせるこの物体は、護衛艦のエンジン・システムだ。

「品行方正な商人、モセク・バン・オスファーの船をとめるふとどき者は、だれだ？」

キャプテン・アハブの声が、ラジオカムのマイクロフォンである浮遊エネルギー・リングにとどろいた。

スクリーンが物質化すると、ボニファジオ・〝ファジー〟・スラッチの背を冷たいものがはしった。一プテルスの姿が目に入ったのだ。そのシルエットはウィンダジ・クティシャの記憶を呼びさました。あの凶悪ハンター……支配者への忠誠心から、不定形の身体物質をプテルスの形態にしたエルファード人の記憶を。

「ふとどき者とは、話にならん」プテルスがあざけりをこめて、「われわれはソトの検査官だ。すべての宇宙船をとめて積み荷を調べる権利がある」

キャプテン・アハブに起きた変化は驚くべきものだった。すこし縮んだように見える。まだ怒りののこる顔に愛想のいい微笑を浮かべ、お辞儀をするように前へ身をかがめて、

「むろん、あなたがたには権利があります」と、うやうやしく応じた。「争いはしません。わたしがどなたとかかわっているのか、お教え願えますか」

「わたしはスランディ・アグワムという」プテルスは返事をした。「わが艦の名称は《キサス》である」

「畏敬の念を感じさせるお名前だと、申しあげたい」キャプテン・アハブが従順に返事をした。"キサス"とは、ソタルク語で"復讐者"という意味だ。「検査官をお送りください、スランディ・アグワム。わが船に歓迎いたします。そのあいだに初見参の贈り物を持ってそちらにうかがいたい。わが敬意の印として」

「わたしを買収するつもりなら……」プテルスが剣呑な口調ではじめた。だが、キャプテン・アハブが即座にもったいぶった口調にもっていってさえぎる。

「なぜわたしにそのようなことができましょう？　それに、あなたの検査官が船に入ってから買収して、なんの役にたちますか？　モセク・バン・オスファーが敬意と好感をおぼえた相手に贈り物をするのは、だれもが知るところです」

「そのとおりだな」プテルスは認めた。「聞いたことはある。よかろう。何名でくる？」

「従者一名を連れていきましょう。わたしは氏族の族長なので。それに、贈り物を運ぶロボットを一体」

「了解した」と、スランディ・アグワム。「わが検査官を船に受け入れろ。急げ。必要以上にここにとどまるつもりはない」

「がっかりさせはしません」キャプテン・アハブは請けあった。

次の瞬間、接続は切れた。スプリンガーの族長が振りかえる。愛想のいい卑屈な表情は消え、陰鬱《いんうつ》な視線に断固たる決意があらわれていた。

「ニドゥル！」アハブの声がとどろく。

スラッチとヴェエギュルとヴァーを最初に出迎えたスプリンガーが進みでる。

「ここです、族長」

「贈り物を用意するのだ」キャプテン・アハブが命じた。「急げ。すぐに出発する。おまえは検査官を船に入れ、礼儀正しくしろ。問題を起こさんように」

「了解しました、族長」と、ニドゥルが応じる。「《キサス》はわれわれをとめたあと、通信連絡はとっていません。もし、それを気にされているのであれば」

邪悪な笑みがキャプテン・アハブの顔に浮かぶ。その声はきたるべき災《わざわ》いを告げるかのようだった。

「わたしが望んだとおりだ、ニドゥル。そうこなければ」

ついでファジー・スラッチに向きなおった。先ほどの怒りはおさまっている。

「虫の知らせを感じる男よ」と、スプリンガー。「自分になにが起こるか、今回も予想できるか？　なぜわたしが一名を同行させてほしいとたのんだのか、わかるか？」

スラッチはいやな予感がして、

「わかりません」と、答える。「でも、想像はつきます。わたしを連れていきたいのでしょう」

「そういうことだ」キャプテン・アハブはにやりとした。「きみは、われわれがソトの手下をどうあつかうか、ともに目にする名誉を受ける」

＊

鋼の山脈のごとく、《キサス》のグレイの外壁が搭載艇の前にそびえていた。搭載艇は護衛艦の発する誘導ビームにしたがっている。両艦船の距離のなかばで大きめの宇宙艇とすれちがった。ソトの検査官を《オスファーⅠ》に運ぶ艇だ。

ファジー・スラッチは〝初見参の贈り物〟をいぶかしく見た。キャプテン・アハブが《キサス》の艦長にわたすものだ。純金製の円盤で、オスファーの恒星がかたどられている。円盤の直径は三十センチメートルで、厚みは五センチメートル。重さは、土台をのぞいて七十キログラム近い。原子合成の時代にあっても王者への贈り物にふさわしい品で、キャプテン・アハブはこれをプテルスにわたそうとしていた。黄金の円盤はすっかり磨かれているが、ほかにはなんのしかけもない。みごとな黒いクリスタルの土台に置かれ、そのクリスタルに古代アルコン語の文字で刻まれているのは、オスファー氏族のモットー……〝自由は富からくる。富は商売からくる〟である。

搭載艇はひろい格納庫エアロックにおりた。護衛部隊の五十名のグループが着陸場所をかこむ。ギャラクティカムのさまざまな種族の者だ。ファジー・スラッチは数名のテラナーの姿を認めた。アルコン人、アコン人、ウニト人、トプシダーもいる。一超重族の姿を見て、キャプテン・アハブは憤然としたうなり声をもらした。

贈り物の運搬ロボットが動きだす。脚が六本ついたテーブルのようなかたちで、脚は細く、折れそうに見える。それぞれの脚に四個の関節があり、運動系統はテーブルの天面が重力の主ベクトルと垂直になるよう作動していた。つまり、天面はつねに正確に水平にたもたれている。ロボットのタイプはスラッチにはわからなかった。ただ、反撥フィールド・エンジンのかわりに機械式の脚をそなえていることから、きわめて古い型と想像はつく。骨董品としてそうとうな価値がありそうだ。スラッチは自問した。キャプテン・アハブはなぜこのようなマシンを輸送手段に選んだのだろう。《オスファーI》

の技術がどれほど古風か、スランディ・アグワムに披露したいのか？

　スプリンガーの族長は二番めに搭載艇を降りた。スラッチが最後になる。長身のアコン人がキャプテン・アハブの前に立ちはだかった。そのアコン人はほかの者と同じく、ウパニシャド学校の卒業生だとしめすシャント・コンビネーションを着用している。アコン人が手で合図すると、奥から巨大な一マシンが浮遊してきた。スラッチは分析装置だと思った。

「とまれ！」と、アコン人が命じる。「きみたちと贈り物は検査が終わるまで一歩も動いてはならん」

　キャプテン・アハブの顔から表情が消えた。スプリンガーの内面でなにが起きているのか、見てとることはできない。

「きみには名前があるのか、わが息子よ？」と、族長がたずねる。

「アクバアルだ」アコン人は自信たっぷりに、「五十名隊の隊長である」

「なるほど、アクバアル。きみには慎重にやってもらいたい。贈り物を疑われるのは、贈り主の心を傷つけるもの。しかし、義務をはたすといい」

　浮遊マシンがモーター音を発しはじめた。光の円ができる。キャプテン・アハブとスラッチは相いついで円に足を踏み入れた。透過ビーム検査の一種で、満足のいく結果が出たようだ。スラッチにもスプリンガーにも問題はない。検査マシンは把握アームを二本つくり、古いロボットの天面から金の円盤を持ちあげ、光の円のなかにうつした。数秒後、円盤はわきに押しやられた。これも検査に合格。

「こんどはロボットだ！」アクバアルが命じる。

「おお、ロボットはやめてくれ！」キャプテン・アハブが逆らった。「どれほど貴重で古いタイプか、見てわからないのか？ きみたちの検査法は理解していないが、故障でもすると……」

「こんどはロボットだ」アコン人はかたくなに主張した。

だが、六本脚のテーブル形ロボットは気が向かないように、動かない。検査マシンが把握アームでつかみ、床から持ちあげて光の円に動かしはじめると、六本の脚がばたばたと動きだす。

「弁償してもらうぞ、五十名隊長！」キャプテン・アハブが大音声で、「ほら見ろ！動かなくなってしまった」

実際に、ロボットの脚は光の円に触れたとたん、動きの途中で硬直した。検査マシンの把握アームが下におろすと、ロボットの脚がぱきっと折れ、そのままがちゃんと音をたてて床に倒れる。

「これは必要だったのか？」キャプテン・アハブが怒り心頭で叫ぶ。「きみの艦長を感動させようと用意した、わがコレクションの誇る逸品が……壊れてしまった。技術を知らない下っ端《したば》役人の無用な犠牲になったのだ！」

　アクバアルはとほうにくれて、

「われわれが修理する」と、アハブの怒りをなだめようとする。

「ふん、たしかにきみたちは修理するのだろう」スプリンガーがあざけって、「まるで、きみたちのなかにアングマンサリク時代のロボット工学を心得た者がいるといわんばかりだが」

　スラッチはアングマンサリク時代がいつのことかわからなかったが、歴史に興味がないせいだろう。とにかく、アクバアルははげしいショックを受けていた。

「やってみることはできるだろう」と、しょげかえって応じる。

「よかろう。やってみてくれ」キャプテン・アハブはそれで手を打ち、「わたしはしばらくきみの艦長と話をする。さて、だれがわれわれの贈り物を運んでくれるのか？」

　アクバアルが一同を見わたした。超重族を選びだす。

「オールネス、きみがいちばん力が強い。贈り物を運んでくれ」

　超重族はオスファーの恒星を受けとった。奇妙な隊列が動きだす。キャプテン・アハブはだれにもまねのできない横歩きをした。護衛隊員は驚いて目をまるくしたが、からかう者はいない。スラッチは、スプリンガーが打って出た一世一代の大作戦の目撃者になった、という気がした。どんな作戦か、わからないが。

＊

スランディ・アグワムは、いくらか見くだしたようすではあるが、温厚な顔をしてみせた。贈り物には明らかに感動している……くわしくいえば、感動のあまり五十名隊長の不手際をキャプテン・アハブに謝罪したほどだ。ファジー・スラッチにはほとんど目もくれない。テラナーはおかげでほっとしていた。フェレシュ・トヴァアル一八五の事件のあと、ウィンダジ・クティシャがヴィーロ宙航士の人相書をひろめているかもしれないから。

「そちらの検査官はまちがいなく、わが船に疑わしきものは見つからないと報告したはずですが」と、キャプテン・アハブは話の口火を切った。ありきたりな儀礼上の美辞麗句をかわしたあとで。

「検査官の報告はまだとどいていない」プテルスは応じて、「検査は数時間かかるだろう」

「もっと大勢を投入することはできないのですか？」アハブがたずねた。「わたしのような商人にとり、時は金なり。何時間もとめおかれては損害が発生するのです」

「《オスファーI》には十二名の検査官が行った」スランディ・アグワムは冷淡に応じた。「通常どおりの数だ。きみを特別あつかいする理由はない。わたしは栄光のソトの命令のもとで検査をしている」

「ならば、苦情は許されませんな」と、キャプテン・アハブ。「栄光のソトの指示は賢明で、われわれみなにとり最善なのですから」

プテルスはトカゲの三角形の目でキャプテン・アハブを疑り深く見た。だが、スプリンガーの表情は判然としない。

「きみたち商人のなかで、ソトの命令をそのように考える者はすくないが」スランディ・アグワムは応じた。

キャプテン・アハブはよくわからないというしぐさをして、

「はじめはわたしも栄光のソトの英知を疑っていました。しかし、その教えがギャラクティカム諸種族にどれほど利益をもたらすか、わかったのです。それで納得しました」

のこる話はささいなことばかりだった。プテルスは客に飲み物をすすめ、オスファーの恒星の金の円盤をしあげた、素朴だが驚くべき職人技を賞讃した。最後に、キャプテン・アハブが自船にもどりたいと申しでた。その願いは聞き入れられ、ハッチの外で待っていた超重族のオールネスが二名の客を格納庫エアロックまで送っていく。

格納庫ではアクバアルの専門家がまだ作業していた。古風なロボットの修理に注いだ努力は実らなかったようだ。アコン人はうなだれ、

「どうしようもない」と、嘆いた。「カバーを開けることさえできなかった」

「つづけてくれ、息子よ」キャプテン・アハブがなぐさめる。「きみの艦長から聞いたが、われわれはもう数時間ここにとめおかれるそうだ。そのあいだにミワナ・コムボラを直せるかもしれない」

「このロボットはそういう名前なのか？」アクバアルはめんくらってたずねた。

「そういう名前だ。では、努力をつづけてくれ。ただ、ひとつだけたのみがある。われわれの両船が別れる前には、かならずミワナ・コムボラを送りかえすこと。修理ができたかどうかにかかわらず」キャプテン・アハブは心配そうな顔をして、「きみをむずかしい状況におちいらせてしまった、わが息子よ。ほかのロボットを連れてくるべきだった。これほど古いタイプではなく。こんなことになって申しわけない。おわびの印に贈り物をとどけさせよう。ミワナ・コムボラを送りかえしてくれるときに。キャプテン・アハブはけちではないと知っていよう？」

「ああ、知っている」アクバアルは請けあった。頭にあるのは、自分の艦長に贈られたオスファーの恒星だろう。

キャプテン・アハブとファジー・スラッチは搭載艇に乗りこんだ。

「もどれ、できるだけ早く」アハブはオートパイロットに命じた。

スラッチは混乱した。期待していた作戦らしきものは、なにもなかったのだ。

＊

スプリンガーは彫像のように硬直して大きなシートにおさまっている。搭載艇周辺の宇宙空間をうつす全周スクリーンから目をはなさない。《キサス》は弱く光るちいさな点になり、宇宙の暗黒に消えようとしていた。前方に細長い光のしみが出現。《オスファーI》である。

にわかにキャプテン・アハブが動きだした。指をぱちんと鳴らすと、マイクロフォンである光のエネルギー・リングが生じる。

「ニドゥル！」

映像中継はない。《オスファーI》乗員のスプリンガーはアハブの呼びかけを待っていたのだろう。ただちに応じた。

「ここです、族長」

「通信は？」

「なにも」

「検査官十二名は船内にいるのか？」

「はい、族長。十二名です」

「礼儀正しくもてなすのだぞ」

「その時がくれば、すぐにそうするつもりです」

「合図はわかっているな」と、キャプテン・アハブ。

マイクロフォンの光るリングが消えた。キャプテン・アハブは横にいるファジー・スラッチのほうを見て、

「スヴォーン人の言葉はわかるか?」と、たずねる。

未知言語の習得など苦行だと考えているスラッチは、首を横に振った。

「ならば、ミワナ・コムボラの意味も知らないな」キャプテン・アハブが断言する。

「わかりません。どういう意味です?」

「〝爆弾の息子〟だ」と、アハブが応じる。

宇宙空間の暗黒に青白いまばゆい光点が生じた。光の球はふくれあがり、色を変える。白に、黄色に、やがて徐々に赤みを帯びた。光の球が大きくなるにつれて独特な光輝はおさまった。人間の視力では把握しにくい瞬間だった。

「いま、アクバアルが贈り物を受けとった」と、キャプテン・アハブ。「《オスファーI》を捕らえてから、《キサス》はだれとも通信コンタクトをとっていない。それはニドゥルから聞いた。ソトの手下がどうなったのか、知る者はだれもいないわけだ。全員で地獄に行ってしまえ!」

そういって笑いだした。声にこもる憎悪のはげしさに、スラッチの背を冷たいものが

はしる。

*

スラッチは何時間も茫然としていた。《キサス》のことをヴィーロ宙航士たちに話せもしないうちに、護衛艦はキャプテン・アハブの爆弾で赤熱《せきねつ》するプラズマの雲と化したのだ。

《オスファーI》はすでに航行を再開していた。ハイパー空間を通って目的地に向かう。次に方位探知に入るのはヴェガ宙域で、そこからテラまでは三十光年もない。スラッチは自室キャビンに引きこもり、物思いにふけっていた。

《キサス》はキャプテン・アハブによって、手をあげることもなく破壊された。その破滅を前にアハブが発したのは、とめどない憎悪に満ちた笑い声だけだった。

良心もモラルもない男……スプリンガーについて、ジュリアン・ティフラーからそう聞かされていた。遠い昔、スプリンガーの族長たちはそういう評判だった。かれらを信用できるのは利益が約束されているあいだだけだと。だがいま、スラッチはキャプテン・アハブの行為を目《ま》の当たりにした。《キサス》の破壊は良心がないどころの話ではない。あれは……

蛮行だ。その言葉が頭に浮かぶ。だが、スラッチは否定してわきに押しやった。キャプテン・アハブは自船とその乗員に責任がある。検査官は確実に積み荷のパラ露を見つけていただろう。それからなにが起きたか、知れたものではなかったのだ。

だが、おそらく《オスファーI》と族長モセク・バン・オスファーの消息はとだえていたはずだ。ソトはパラ露となると手かげんを知らない。アハブは身を守るしかなかった。ほかに身の守りようはなかったのだ。

いや、そうではない。だからファジー・スラッチは気が重いのである。《キサス》が爆発したとき、モセク・バン・オスファーは悪魔のようによろこんだ。あのスプリンガーはスティギアンにかかわるものすべてを心の底から憎んでいる。これをどう説明する？　アハブとソトは過去に衝突したことがあったのか？　この十五年か十六年のあいだに、スプリンガーにとめどない憎悪をいだかせるような事件が起きた？

スラッチは解明することにした。かれは恐ろしい出来ごとの目撃者になった。背後になにがかくれているのか、知りたいと思ったのだ。

数時間後、最初のチャンスが訪れた。軽食キャビンで食べ物をつまんでいたニドゥルと顔を合わせたのだ。スプリンガーはスラッチがそばにすわってもなにもいわない。

「もう長くはかからないんだろう。どれくらいかな？」ファジーは話しかけた。「テラまでは、長くても十時間か」

ニドゥルはハッチの上のクロノメーターに目をやった。

「《キサス》とわれわれに関係ありと考える者がいないのは、確実なんだろうか?」

ニドゥルはスプーンで肉のペーストを口に運び、

「百パーセント確実、というのはありえない」と、応じた。「だが、そう考える者がいる確率はきわめて低いといっていい」

「十二名の検査官はどうだ? かれらは裏切るんじゃないのか?」

「どの十二名のことだ? 検査官など知らんが」

答えににじむ冷淡さに、スラッチは背筋が寒くなった。いまわかった。キャプテン・アハブが検査官を〝礼儀正しくもてなす〟ように、と話したとき、なにを意図していたのか。十二名はだれも生きてはいないだろう。《キサス》の爆発がニドゥルの待っていた合図だった。検査官はシュプールさえのこさず消えているはず。護衛艦の乗員と同じく。

「ひとつ教えてほしいんだが」スラッチはスプリンガーにもとめた。「昔、キャプテン・アハブがソトを特別に憎むような事件があったのか?」

ニドゥルは決然と食事のプレートをテーブルのまんなかに押しやった。

「それは自分で族長に訊くべきだ」そういって立ちあがる。

ファジー・スラッチはほかの乗員にも同じことをたずねた。だが、はっきりノーと返事をする者はおらず、奇妙だと感じる。〝自分で族長に訊け〟といわれるのだ。やがてスラッチはあきらめた。眠かったのだ。《オスファーⅠ》が方位確認のためヴェガ宙域に出るまで、あと五時間ある。さらに、スプリンガー船のスクリーンにテラがうつしだされるまでもう一時間かかるだろう。スラッチはすこし眠ろうと思った。気の重い考えをわきにやり、眠ることができれば、ではあったが。

スラッチは自室キャビンのハッチを開けた。

ふだんは自動で点灯する照明が作動しない。開口部で立ちどまり、

「いったいぜんたい……」と、つぶやく。

そのとき、暗闇から突き刺すような鋭い声が響いた。スラッチの知らない声だ。

「入ってきて、ハッチを閉めろ」と、声がいう。「きみは多くの問いを発した。それに答えよう」

＊

ファジー・スラッチはいわれたとおりにした。暗いキャビンへ二歩踏みこむと、ハッチがひとりでに閉まる。そこで照明が点灯したが、いつもの明るい光ではなく、ぼんやりと赤みがかった薄明だ。キャプテン・アハブの自室で船長とはじめて会ったときのようだった。

キャビンの奥に人影がひとつ立っている。その姿を見て、スラッチは思わず息をのんだ。悲鳴をあげかけたが、喉が締まったようになる。これほど奇怪なものを見るのははじめてだった。

この未知者の祖先は、カナヘビ科の生物、つまりトカゲだ。身長はスラッチとあまり変わらない。百七十センチメートルをすこしこえるほどだろう。からだはゆがんでいた。左肩にくらべて右肩が大きくさがっている。左の眼窩《がんか》は三角形だが、右の眼窩はまるい。目はその住みかにおさまるのが心地よくないようで、前に飛びだし、視線は不自然に硬直していた。その未知者が横を向く。以前は背骨がS字カーブを描いていたのかもしれないが、背中のへこんでいるはずのところは、こぶのような隆起三つで埋まっていた。

その奇怪な者は裸だった。顔をゆがめ、あざけるような笑みを浮かべる。かれが黙っているため、スラッチは上から下までしげしげと見た。プテルス種族の者だと思う。ファジー・スラッチの視線が細い脚沿いにさがっていき、奇妙にねじれた足にいたると、予感が仰天するような確信に変わった。

「あなたは……あなたは、キャプテン・アハブ!」と、言葉を絞りだした。

未知者はうなずく。

「わたしはキャプテン・アハブだ。すくなくとも、あのマスクに入っているときには。あのマスクの仕上がりは一級品だ。大部分が生体組織で、きみたちの多くが愛する惑星オリンプの皇帝アンソン・アーガイリスのマスクにもひけをとらない。知っていたか？」

「い、いいえ、知りませんでした」スラッチはつかえながらいい、はげしくかぶりを振った。

「オスファー氏族が存在しないことも知らないのだろう？　わたしが考えだした氏族だということも？　わが船のスプリンガーたちがよりすぐりで、わたしから数々の恩恵を受け、わたしのためなら火のなかにさえ入るだろうことも？」

「はい、そうです」スラッチは叫んだ。「つまり、知らないってことです。それも知りませんでした」

未知者は悪魔じみた笑みを見せて、甲高く叫んだ。

「そして最後の、最悪の事実も、きみは知らない！」

ボニファジオ・〝ファジー〟・スラッチは、冷静になれと自分にいいきかせた。細いからだをしゃんとさせる。このところ何度も混乱させられてきた。あまりにも多くのことが同時に降りかかってきた。だが、ものごとを組み立てる力まで忘れたわけではない……あちこちで小耳にはさんだ言葉や思考の断片。昔から取引相手に知られていた明晰で切れのいい頭脳は、いまも変わらないのだ。ヴィールス船が出現する前の古きよき時代から、そうだった。

記憶のなかで言葉が鳴りひびいた。ジュリアン・ティフラーの言葉だ。〝かれがその後どうなったのか、知る者はほとんどいない〟

「いや、知っています」スラッチは声を振りしぼった。「あなたは、ストーカーだ！」

未知者の顔が崩れた。あざけるような笑みが消える。口が開き、黄みがかった鋭い歯があらわになる。

「悪魔にさらわれろ！」と、開いた口から鋭く発せられた。「よりによって、きみにサプライズをだめにされるとは！」

＊

ストーカーはこれまでの経緯を手早く説明した。多くを省略したため、一部にすぎなかったが。あのとき、かれは不定形の塊りと化していた。決闘に勝ったソト＝ティグ・イアンが惑星テルツロックを封鎖する直前に、ジュリアン・ティフラーによって救出されたときのことだ。それから五年、銀河系最高の医療専門家が敗者の治療にあたった。まず最初に意識が安定した。治療は成功して、ストーカーは快方に向かった。だが、外見の修正はまだ必要だった。

「しかし、耐えられなくなる日がきた」と、ストーカーはいった。「そうなるとわかっていたから、慎重に準備をしていた。わたしはタフンから逃げた。それから八年間、つまり三年前まで、流刑《るけい》の身ですごすことになる。おのれにそれを科し、心を癒したのだ。ついで、あらためて世界に立ち向かう準備をした。流刑のあいだ無為にすごしていたわけではない。金はあったから宇宙船を買った。いま《オスファーI》と呼ばれている船だ。さらに乗員を雇った。その前にマスクをつくらせておき、わたしはスプリンガーのモセク・バン・オスファーとして人前に出た。オスファー氏族の栄光の歴史を完璧にでっちあげて。

きみは訊くかもしれない。なぜ、からだをもとどおりにすべくタフンにもどらなかったのかと。その必要はなかったからだ。変形した目は、ねじれた四肢は、背中の不恰好なこぶは……わたしに強い力をあたえてくれる印なのだ。あらたな考えを身につけるよう、うぬぼれを振り捨てるよう、目的を合理的な方法で追求するよう、わたしにうながす。こういっていい。わたしはこの醜悪な外見を、目に見える内省の印として、また、わたしが自分に対しておかした罪の贖罪《しょくざい》として、身にまとっていると。

だが、わたしがなによりも望んでいるのは、決定的な瞬間にこの醜い姿を敵に見せることだ。この心に巣食うゆるぎない復讐心をわからせるために」

敵の名前は聞くまでもない。ひとつだけだ。

「つまり、それ以来」ファジー・スラッチは考えこみながら、「あなたはGOIに従属している」

ストーカーはぶじなほうの目を光らせ、

「わたしはわたし自身以外のだれにも従属しない」と、はげしくいった。「わたしがGOIと連絡をとり、ジュリアン・ティフラーが、つまりわたしのもと生徒が、わたしから得られるメリットありと認めたのは事実だ。わたしはGOIにパラ露やほかの規制物質をもたらしている。だが、わたしはその任務を自分のリスクのもとで実行している。モセク・バン・オスファーには、おのれ自身とその復讐心以外のなにものにも忠誠を捧げる義務はない」

＊

数時間後、《オスファーI》は高高度のテラ周回待機軌道に入った。ストーカーはキャプテン・アハブ役にもどっている。ファジー・スラッチはしばらく考えて結論を出し、いまはスプリンガー族長の正体を同行者たちに黙っておくことにした。テラは危険で、よけいな心配ごとは無用だ。いつか、ストーカーの数奇な運命をゆっくり話す機会が訪れるだろう。

〝特務グループ・スラッチ〟の最初の任務は、はじまったときと同じくあっさり終わった。五キログラムのパラ露の引きわたしはいつかとスラッチがたずねると、見るからに愉快そうなキャプテン・アハブからこう告げられた。

「なぜきみが頭をひねる、わが友よ？　輸送は危険だ。わたしはこのような作戦の訓練を積んだ者を、わが乗員の男女から選んでいる。パラ露は五個のパラトロン保護容器に分けて入れた。一キログラムずつ。容器は打ちあわせた場所に置く。あの男にそう伝えてくれ。かれのオフィスで腰をおちつけたときに」

「どの男なんです？」スラッチはとまどってたずねた。

「ホーマー・ガーシュイン・アダムスだ。会いにいけといわれたのではないか？」

スラッチはその話を族長としたおぼえがない。キャプテン・アハブが、知るはずのないことを知っている、それは受け入れることにした。

十三名のヴィーロ宙航士は儀式のようなこともなく、搭載艇でテラニア宇宙港におろされた。スプリンガー五名が入星手続きの建物まで同行する。五個のパラトロン保護容器も搭載艇内にあったのかどうか、スラッチにはわからない。

入星手続きはすんなり終わった。ひろい入星ロビーで、ファジー・スラッチは大型スクリーンに文字や映像で入る最新ニュースを入念にチェックした。護衛艦《キサス》破壊のニュースが大きな注目を集めていると思ったが、ひと言もふれられていない。

今後は未定のまま、ヴィーロ宙航士十三名は都心のホテルで部屋を借りた。スラッチはすぐに宇宙ハンザと連絡をとった。だが、ホーマー・G・アダムスにつながるとは思っていなかったから、目の前の通信機のスクリーンにかれが突然あらわれたときには仰天した。淡いブルーの目、頭側をとりまくまばらな髪の、無数の映像で見慣れた独特な顔だ。

「わたしは……ええと……ファジーと呼ばれています」スラッチは混乱して、「あなたに重要なことを伝えなければなりません」

アダムスはうなずいて、

「そうだろうと思っていたよ」と、あっさりいう。「支度をしてくれ、ファジー。迎えをやる。一名か二名、きみの報告を手伝える者をいっしょに連れてくるといい」

一時間後、ファジー・スラッチとヴェエギュルとヴァー・ゼルコルは、関係者が〝至聖所〟と呼ぶ部屋にいた。ハンザ司令部の中枢にあるホーマー・G・アダムスのオフィスだ。かれらはあっさり通され、がらんとした数本の通廊を歩いてアダムスの執務室まで行った。ファジー・スラッチは確信していた。なめらかなベトンの壁の裏にかくされた装置が、自分たちをすみずみまで調べているにちがいないと。

まずはじめに、スラッチはキャプテン・アハブにまかされた任務をかたづけた。一キログラムずつのパラ露が入った五個の容器は、打ちあわせていた場所にうつされると伝えた。

「それはよかった」アダムスはうなずいた。「これで第一の準備段階は成功だ」

スラッチは《キサス》との遭遇も話そうとした。だが、アダムスが即座にさえぎって、

「聞いている。きみにはもっと重要な話があるはずだ。そちらに集中しよう」

スラッチは報告した。何週間もたってからやっと、洗いざらい話すことができた。なぜ仲間とともに四千万光年以上の旅をしたのか。チャヌカーという名前の遠い惑星での出来ごとについて。報告は一時間半にわたり、ときおり記憶が定かでなくなると、ヴァーやヴェエギュルに入ってもらって記憶の穴を埋めた。

「それはじつに驚くべき話だ」スラッチが語り終えると、ホーマー・G・アダムスはいった。

スラッチの自信は揺らいでいた。クラーク・フリッパー基地にいたときもそうだったが、チャヌカーのカルタン人基地のニュースは爆弾のような衝撃をあたえるはずだと思っていた。だが、アダムスは興味深げな顔はしても、この報告をセンセーショナルとは考えていないようだ。

「すでにご存じだったのですか？」スラッチはたずねた。

「渦状銀河M‐33のカルタン人が大規模作戦を計画していることは、ずいぶん前からわかっていた。あの渦状銀河には諜報員グループを駐留させている。三角座銀河情報局、略称PIGだ。カルタン人は新型の遠距離宇宙船を建造している。その船の一隻がスタートしたさい、PIGはしばらく追跡した。だから遠距離航行の目的地はわかったと考えられている。おとめ座銀河団のどこかにちがいない。おそらくエスタルトゥの力の集合体だ。これはきみたち三名がここにくる前からわかっていた」

スラッチの顔に落胆を見てとり、アダムスは友情をこめてにっこりした。

「だからといって、きみたちの報告が重要でないとは思わないでほしい。PIGの本部ではおおいに注目を集めるだろう。とくにニッキ・フリッケルには技術の細部は重要だ。彼女はPIGのチーフでね」スラッチのたずねるような視線に気がついて、アダムスは急いでつけくわえた。「通常の通信チャンネルできみたちの報告を流すわけにはいかない。きみたちにもう一度伝令をつとめる用意があればいいがと、わたしは考えている」

ファジー・スラッチは奇妙な気分になった。ここには理解できないことが多すぎる。ホーマー・G・アダムスは、まもなくヴィーロ宙航士たちがくるとわかっていたようだ。アブサンタ＝ゴムにはじまり、フェレシュ・トヴァアル一八五の出来ごとや、《キサス》との遭遇をへて、ここにいたるまでのヴィーロ宙航士たちの運命も知っている。知っているにきまっている。そうでなければ、たずねたはずだ。抵抗グループ内の情報交換は驚くほどうまくいっているのだろう。

そして、こんどはこの任務だ。三時間前、ヴィーロ宙航士たちはこれからどうなるのかと頭をひねっていた。だが、三角座銀河への伝令だと？　二百五十万光年弱の距離を？　スラッチは同行者たちにたずねるような視線を向けた。ヴァーがうなずく。ヴェエギュルはみじかく目を閉じた。二名は同意したということ。

「ここの三名は行くつもりでいます」スラッチはアダムスに、「しかし、のこる十名とも話をしなければ……」

「よかろう！」アダムスは勢いよく立ちあがった。「時間をかけていい。きみたちがどこかにシュプールをのこしていないかハンザの専門家が確認するまで、三、四日かかるだろう。きみたち三名が仲間を説得できれば、ただちに全員がハンザの職員になる。悪い仕事ではないといわせてもらうよ。きみたちを三角座銀河まで乗せていく高性能宇宙船を用意しよう……」

スラッチの頭は混乱していた。あとで思いだしても、どうやってアダムスに別れを告げたかわからない。あらたな任務はのこる十名のヴィーロ宙航士に大歓迎された。

日暮れごろ、ファジー・スラッチはホテルの暗い部屋で大きな窓の前にすわり、町の光の海を見ていた。故郷に帰ってきたと、はじめて意識する。地球のわが家！　ここ数日はあまりに多くのことが起き、そのような気分にはひたれなかったのだ。

「ばかだな、おまえは。なんにも学ばないんだから」スラッチはひとりごちた。「これを願っていたのに、三、四日したら、また出ていこうっていうんだろう？」

神聖寺院作戦

H・G・エーヴェルス

登場人物

ジュリアン・ティフラー……有機的独立グループ（ＧＯＩ）代表
ホーマー・Ｇ・アダムス……宇宙ハンザ経済部チーフ
ニア・セレグリス…………ティフラーの恋人。ＧＯＩメンバー
ティンタ・ラエ……………オクストーン人。ＧＯＩの潜在的モヴェーター
シド・アヴァリト…………アンティ。ＧＯＩの潜在的テレキネス
エルサンド・グレル………アンティ。ＧＯＩの潜在的テレパス
テリエ・デ・ローク………オクストーン人。パニシュ

銀河系には、さらにこの力の集合体のほかの銀河にも、あらたな暦を導入するべきだろう。スティギアンがあらわれる前の時代と、スティギアンがあらわれたあとの時代に。

ソト＝ティグ・イアンより進行役クラルシュへ

NGZ四三〇年九月十五日

1　ティンタ・ラエの報告

ジェリシャル・コイペルが死んだ。火星からテラに向かう星間シャトル《ピカデリー・サーカス》の、行程のなかばで。

かれはきわめて劇的な死を迎えた。

わたしはそれを知ることになった。コイペルがちいさく口笛を吹いてシャトルの前方展望ドームのトイレから出てきたとき、わずか数メートルのところにいたからだ。

次の瞬間、かれの顔がすさまじい痛みにゆがんだ。身を縮めて倒れ、まんなかの通路で転げまわり、声をかぎりに叫んでいる。

ほかの乗客は多機能シートにすわって、食べたり飲んだり、眠ったり、おしゃべりに興じたり、ヴィデオ・クリップでリアルな合成アドベンチャーの世界に行ったり、宇宙空間の眺めを楽しんだりしていた。その客たちのあいだにパニックがひろがる。

冷静なのは、ごくわずかな乗客と二名の客室乗務員だけだ。だれかが医療ロボットを呼んだが、わたしにはわかっていた。完璧な医療ロボットでもジェリシャル・コイペルは救えないだろう。科学者の教育を受けたGOI特務コマンドであるわたしは、このテラナーの症状から、危険な神経毒イモルグラディンが血中に入ったとわかった。イモルグラディンの作用が表面化した時点ですでに、全神経系統が崩壊していて、回復の見こみはないのだ。

ジェリシャル・コイペルには死がふさわしいのかもしれない。かれは人類を裏切り、永遠の戦士のスパイになって、おそらく多くの人間を不幸にしたのだから。わたしはそれを知っていた。トイレに行く前にかれがこちらに話しかけようとしたとき、すぐに見ぬいたのだ。

だが、かれに死がふさわしくても、このような死ではない。

わたしは考えるより早く、とっさに行動していた。二本の指で自動粘着注射カプセルをはじき飛ばし、コイペルの頸に貼りつかせる。

一瞬でしずかになった。

コイペルはまだ死んでいないが、もう痛みも恐怖も感じていない。オクストーンの植物クリイト草の毒嚢《どくのう》からつくられた遺伝子操作抽出物は、おだやかな鎮痛剤だ……わたしのような女オクストーン人にとっては。だが、テラ出身者は即座に気を失う。

これでジェリシャル・コイペルを救うことはできないだろう。だが、もうなにも感じていないはずだ。

しずかになるとすぐに、乗客もおちつきはじめた。ほとんどの者は、てんかんの発作かなにかで、すでにおさまったと考えているだろう。

そうであればいいと、わたしは思った。いまになって気がついたのだ。作戦行動中のパラチームのメンバーが守るべき重要なルールに反したことに。

なにがあろうと人目を引いてはならない、という基本的なルールである。

それに反してしまった。いまのところ、わたしの行為にはだれも気づいていないが。しかし、ジェリシャル・コイペルのような劇的な死では検死がおこなわれる……いや、その前に、医療ロボットがからだを徹底的に調べるだろう。

航行中に判明する事態は避けられまい。だれかが死にゆく者から痛みをとりのぞき、そこで使われた薬剤が遺伝子操作されたクリイト草の抽出物だったと。これは通常、オクストーン人やエルトルス人やエプサル人や超重族のような、極限惑星の住民だけが使う鎮痛剤だ。たとえば、歯が痛いときや、ハイパー嵐で体調不良のときに。

死にゆく者のそばにいて、注射カプセルを使えた極限惑星の住民は、わたしだけだった。わたし、オクストーン人のティンタ・ラエだ。

この行為は法律に反してはいないはずだが、事情を訊かれて名前は記録されるだろう。

場合によってはわたしの任務とパラチームのメンバーの命を危険にさらすかもしれない。もし、それが大ブラックホールの魂の意志なら。

このすべてが閃光のように頭をよぎった。客室乗務員二名がジェリシャル・コイペルの手当てをしている。一医療ロボットがブルーのライトをはげしく点滅させて、甲高《かんだか》い笛のような音を発しながら中間デッキのハッチから飛びこんできた。さらに、わきにならぶシートの列を通ってシャント・コンビネーション着用者が二名くるのが見えた。テラナーのパニシュと超重族のシャンだ。

楽しくなりそうだ……だが、わたしにとってはそうではない。

それでもわかっている。自分の行動を悔やみはしないと。たとえ敵でも、あれほど苦しむ知性体をただ眺めているなど、できるわけがない。いつかどこかでこの出来ごとがくりかえされても、同じことをするだろう。

それはGOIのメンバーというわたしの立場と矛盾しない。わたしがこのように行動する者でなかったら、この銀河系規模の組織にくわわりはしなかったはずだ。

＊

医療ロボットがジェリシャル・コイペルのそばに行き、ぐったりしたからだを支持フィールドで持ちあげ、ひろげた担架《たんか》に横たえた。十数個のセンサーを出し、あらゆる手段で患者の状態を調べるうちに、ロボットは笛のような音をたてるのをやめた。はげしく点滅していたブルーのライトが消える。死亡が確認されたのだ。むろん、その診断を伝えはしない。航行中に乗客が死亡すれば、ほかの乗客全員の心に大きな傷をのこすだろう。それをできるだけ避けるために、旅客船の医療ロボットはこうするようにプログラミングされている。

だが、パニシュとシャンはそのような制約を受けない。診断に介入したとき、ごく基本的な配慮事項に反しているとは考えもしなかったはずだ。

「この男は死んだ」パニシュはジェリシャル・コイペルの目を見て、脈をとり、断言した。「ただ奇妙なのは、あっという間にしずかになったことだ。最初はイモルグラディンの作用に典型的な症状だった。だが、あの毒の犠牲者はもっと長く苦しむはずだ」

「さがってください！」と、べつの者が割って入った。「ここはわたしの管轄です」

わたしは驚いた。人間の女の声で、その声にはまぎれもない権威がある。わたしはすぐに、冷静になれと自分にいいきかせた。もちろんわかっている。太陽系ではいまも女が下におかれているという考えは、オクストーンで生まれた偏見にすぎないと。この偏見は、オクストーンの女はすでに完全な同権を手にしているのに、ほかの人間世界ではまだ男のほうが強いと思われていた時代に生まれたものだ。

「おや、女船長どのか！」パニシュが横柄な口調で、「反論するつもりはないが、このようなケースでは関与しないわけにはいかないのだ」

わたしは〝女船長どの〟をしげしげと見た。

彼女はほっそりしたテラナーで、面長《おもなが》の顔、最近ではめずらしい青白い肌をしていた。何本もの金色の紐で飾られた仕立てのいい紺色の船長服を着用し、ひさしがついたクラシックな白い制帽をかぶっている。

「そのとおり、わたしがこの船の船長で」と、女はいった。「リリ・シャッツといいます。あなたがたウパニシャド組には手を引いていただきましょう！　医療ロボットは意識のない乗客を救急ステーションへ運びなさい！」

「死んでいるのだ、意識がないのではなく！」パニシュが訂正する。「それに、わたしは手を引くつもりはない。この男は神経毒イモルグラディンで殺されたようだ。しかも、ここで！」

そういって、縮んで空《から》になった注射カプセルを勝ち誇ったようにシャッツ船長の眼前にかかげた。死者の頸からつまみとったものだ。

「これは自動粘着注射カプセルだ」パニシュは剣呑《けんのん》に、「これで男の血中に毒を入れた」

ついで周囲に疑いの目を向ける。威圧感がひろがった。デッキにいる客の多くが思わず身を縮める。

「だが、犯行現場はここではない」と、パニシュはみずから訂正した。「イモルグラディンは、標的に注射されるか皮下に極小の矢が刺さるかして、効果が出るまで、三十秒ほどかかる」

わたしは自分の役割を黙っていれば疑われるという結論に達し、注目を集めようと右手をあげた。最後にはわかることだ。

シャッツ船長とパニシュとシャンの顔が、マシンのようにわたしのほうを向いた。

「どうしました、マダム？」と、リリ・シャッツがたずねる。

この言葉は無礼ではない。正式ではないように聞こえたとしても。旅客輸送業界ではいまもテラの宇宙航行初期の言葉が使われる。だが、最近はべつの場所、べつの場面でも使われていた。これは永遠の戦士や、そのスパイであるジェリシャル・コイペルのような者のせいだ。かれらが原因で、人類はかつてのように信じあえなくなり、ときに距離をおくようになっている。

「イモラディンがなにかは知りませんが」と、わたしはいった。「その注射カプセルに入っていたのではないことは、知っています」

「イモルグラディンだ！」超重族のシャンが訂正し……そのせいでパニシュから〝わたしの領分に手を出すな〟と、目線で責められた。

「正しい名前がなにかは、どうでもいいのですが」と、わたしは説明した。「その毒がどんな名前でも、カプセルの中身はそれじゃありません。そのカプセルはわたしのもので、中身は遺伝子操作クリイト草抽出物なんですから」

わたしは理由もなくおろかなふりをしたのではない。イモルグラディンはきわめて強力な神経毒で、一般市民が一生、聞くはずのない名前だからだ。めずらしい神経病の治療のさい、わずかに検出できる量を投与するか……殺人に使用する。ただ、それを知っているそぶりを見せてはならない。さもなくば、シャドになるべくテラへ向かう品行方正な女オクストーン人の役を演じることはできない。

「遺伝子操作クリイト草抽出物?」パニシュはこの問いをわたしだけに向けて発した。ほかの者にはほとんど聞こえない。これは永遠の戦士の尋問心理学のやり方だ。「それはなんだ?」

むろん、パニシュは知っているはずだ。かれらがくわしいのは戦闘技術だけではない。永遠の戦士の組織は原始的ではなく、指導的立場の者は、きわめて専門的ではないにせよ、例外なく科学教育も受けている。パニシュの問いは心理戦略の一部でもある。

「鎮痛剤ですよ」わたしは答えた。そしらぬふりで。「熱風病のときに使うんです」

「熱風病?」パニシュは驚いたふりをしてくりかえした。「だが、きみはオクストーン人だろう。オクストーン人のように頑強な体格の極限惑星の住民が、熱風病ごときで体調を崩すはずはない」

わたしは愉快そうに笑った。パニシュが持つ生粋《きっすい》のオクストーン人のイメージに合わせて。

「これはこれは！」わたしはそう叫んで、まったく毛髪のない自分の頭蓋を手でもんだ。「本気で考えたんですか、わたしがテラナーの頭なら生卵の殻のように割れていただろう。熱風だって気がつきもしないでしょう！　でも、テラの熱風みたいなそよ風に悩まされるなんて！　時速七百キロメートルで谷を襲い、すべての植物を灰になるまで焼きつくしたら、貫通不能バリア山脈の頂上から、たぎるように熱い吹きおろしの風が、歯が引きつるように痛むんです。きちんと嚙めないと気持ちが悪いでしょう。それで、わたしはいつも遺伝子操作クリイト草抽出物のカプセルをいくつか持ち歩いているんです」

リリ・シャッツ船長は〝ごくふつうの〟テラナーで、わたしの話は事実ではなく、大げさに話していると考えたようだ。だが、みごとに自制し、表情にはあらわさない。

しかし、パニシュとシャンは違った。

かれらはウパニシャド学校で何年もきびしい修行をして、スーパーマンになっている。祖先の遺伝子が極限惑星の条件に合わせて変化させられた知性体が、信じられない現象を耐えぬくのは当然だと考えている。

かれらの目が恐れ入ったと驚いてまるくなった。だが次の瞬間、パニシュは自制をとりもどした。超重族だけはもう数秒、わたしを見つめた。架空の生物であるかのように。

それがパニシュを怒らせた。パニシュは、この殺人あるいは暗殺を即座に解決する適任者は自分だと証明したかったのだ。

「そうかね!」と、わざとらしく皮肉をにじませ、「じつに有益な情報だ。きみの名前は?」その視線はわたしを貫こうとするかのようだ。

「あなたのお名前は?」わたしは訊きかえした。

「わたしはパニシュのネサ・クルドだ」と、むっつり返事をする。おや指で同行者をさししめし、「こちらはシャンのテルコンズル。それで、きみは?」

「ティンタ・ラエといいます」と、わたしは答えた。

「よろしい、ティンタ」クルドは鷹揚《おうよう》に、「つまり、死者の頸についていた注射カプセルはきみのものだと。それでいいかね?」

「そのとおりです」わたしはしっかりとうなずいた。

「どうやって頸につけた?」パニシュは重ねてたずねた。

「指ではじき飛ばしたんです」わたしは無邪気に返事をして、指を大きくぱちんと鳴らした。「そう。あの男の人がひどい痛みで苦しんでいるように見えたので。発作だと思ってなにも考えずにとっさにやってしまいました。ほんとうに死んだのですか? そんなつもりじゃなかったのに。オクストーン人の弱い鎮痛剤がテラナーを殺すほど効くなんて、思いもしませんでした」

パニシュがちいさく笑った。わたしに他意はないとようやく納得したようだ。ジェリシャル・コイペルの死にかかわっていれば、自分が殺したとは話さないだろう。それが論理的思考で……わたしはパニシュならそう考えるという前提に立っていた。

「きみの鎮痛剤がかれを殺したのではない、ティンタ」と、安心させるようにクルドはいった。「原因はイモルグラディンだ。あの倒れ方を見て、悲鳴を聞いて、わたしはわかった。ただ、突然しずかになったのはイモルグラディン中毒らしくなかった。だが、きみのおかげで説明がついた」

「それなら、わたしのカプセルがかれを殺したのでしょう」と、わたしはいった。

「いや、そうではない!」ネサ・クルドは断固として、「カプセルは、あの男を麻痺させ、長い恐ろしい苦しみをはぶいただけだ」

パニシュはふたたび周囲を見た。獲物を探すオクリルのように目が光る。

「あの男はどこからきた?」クルドはもう一度わたしにたずねた。

「あっちの前のほうからです、たぶん」わたしはそういって、わたしのそばを抜けて前方展望ドームの中央を通るベンチの列のあいだの通路をさししめした。「くわしくはわかりません。気がついたのは、かれのゆがんだ顔を見たときでした」

殺人犯あるいは暗殺者のヒントをパニシュに教えないのは、わたしにとって当然のことだ。倫理的に許されない犯行だが、永遠の戦士とその手先やスパイの側に、つまりまちがった側にわたしがつく理由はない。ジェリシャル・コイペルが犯人やその家族にどのような罪をおかしたのか、わからないではないか？　法的手段で犯罪を防げなければ、憎悪を理由とした仮借ない暴力が行使される危険はつねにある。

「よし！　ごくろう、ティンタ」パニシュ＝クルドはきびしい顔でいったあと、ふいにリリ・シャッツに声をかけた。急に友好的になり、「船長、きみの捜査には手助けがいるだろうと思ったのでね。シャン＝テルコンズルとわたしができるだけ協力しよう」

「わかりました」船長が冷淡に返事をする。

リリ・シャッツはパニシュの申し出を断れないだろう。彼女は大胆にもクルドとその同行者を〝ウパニシャド組〟と呼び、スティギアンの手下に対する自分の感情をしめしたとはいえ。ソトとその権力組織が内部の問題に介入することはほとんどない。だが、かれらがひかえめに型どおりに行動している場合には、したがったほうがいいのだ。

真の意味で、かれらには権力があるのだから。

そして、正義は権力を持つ者にある……

＊

リリ・シャッツ船長にもパニシュにも応援がきた。シャッツには八名の乗務員が、クルドにはもう二名のシャンと十四名のシャドの一団が。シャドたちは全長四百メートル、幅五十から八十メートルの星間シャトルのべつの客室セクターにいて、パニシュがアームバンド・テレカムから特殊周波で発する命令に応じて報告している。

リリ・シャッツは、ほかのセクターにつづくハッチを封鎖したのち、前方展望ドームにいる乗客に説明した。むろん、医療ロボットが暗幕フィールドを張り、死者をほかの乗客の目からかくしている。だが、まだ運びだしてはいなかった。

状況は緊迫している。

パニシュは見ているだけだが、わたしは確信した。その目はなにも見のがしていないと。前方展望ドームのデッキにいる乗客の表情や視線に集中している。

ネサ・クルドが勘違いをしているはずはないが、犯人はこのデッキにいるとはかぎらない。ななめにはしる搬送ベルトで上下十二層のデッキに移動できる。とはいえ、パニシュ一名がすべての場所を同時に見ることはできないから、まずは自身のいるところを、つまりジェリシャル・コイペルが倒れて死んだ場所を調べた。そのあいだにシャド十四名が全乗客の身体検査を徹底的にする。

シャトルの乗務員も事件の調査をしていた。だが、かれらはこのあたりで動いている。調べたのはここのトイレと乗客の手荷物だ。リリ・シャッツはデッキを出ていった。おそらく通信センターからテラニア・シティ当局に報告したのだろう。《ピカデリー・サーカス》は首都テラニアの民間宇宙港に着陸する予定だった。

何日も閉じこめられずにすめばいいが！

わたしの思いはシャトルや自分のことからテラに飛んだ。もちろんわたしは、テラのヒマラヤ山脈にあるウパニシャド学校に入学するために太陽系へきたのではない。

それは口実にすぎなかった。

実際には、わたしはジュリアン・ティフラーとニア・セレグリスが直接指揮するパラチームの一員だった。五名からなるチームの任務は、チョモランマという名前がついたテラのウパニシャド学校に侵入し、スティギアンの司令本部で情報を入手することだ。抵抗をつづけてきたブルー族をソトがどのようなやり方で屈服させ、銀河イーストサイドを自分の勢力圏に併合するのか、という情報である
ソトの意向はGOIもつかんでいるが……それ以上はほとんどわかっていない。とはいえ、ソトがどう動くかを知らなければ、われわれの組織はソトの計画を打ち砕く方策をたてることはできない。

だが、せめて一度はためさなければ、さらに、すくなくとも部分的成功をおさめなければ、GOIが勝利する見こみはない。ジュリアン・ティフラーはテラナーらしく、生き生きとそう語った。

GOIは何年も前から守勢に立たされてきた。成功裡《り》に終わったのは、ソトのハンター旅団の宇宙要塞フェレシュ・トヴァアル一八五への奇襲と、《アヴィニョン》の生存

者の救出だけだ。

あれはまさに偶発的な成功で、それ以上ではない。GOIの攻撃とはいえなかった。銀河系の全文明を蹂躙《じゅうりん》する永遠の戦士に対して、唯一の大規模抵抗組織が主導権をとりもどす必要がある。さもなくば、銀河系全体でGOIによせられた希望がしぼみ、この組織への頭脳や資源の流入はつきるだろう。

主導権をとりもどす絶好のチャンスは、ブルー族を屈服させようとするスティギアンの作戦に反撃することだ。

だが、絶望のあまり、わたしは笑いだしそうになった。

われわれのパラチームが〝ゾトム〟に……ウパニシャド学校チョモランマのスティギアンの司令本部に……侵入できる可能性は、蚊の羽ばたきがサイクロンを引き起こす場合のそれと変わらないのだ。

また、たとえ計画の第一部に成功しても、望む情報が手に入る見こみはさらに低い。ソトが自分の〝至聖所〟であらゆる保安処置をとっていることは、当然のこととして予想される。

当然のこととして予想される！

なんという表現だろう！

だが、まさにそれこそがわれわれの弱点だった。

つまり、ソトムで保安処置がいくつ講じられているのか、それがどう作動するのか、まったくわからないのだ。

したがって、通常は、このコマンド作戦は最初から失敗すると判断されていたはずだ。

だが、ひとつの要因から、われわれは成功の見こみありと考えていた。永遠の戦士がまったく知らない切り札がある。

五千粒のパラ露のしずくが……

2 シド・アヴァリトの報告

トラカラトの黒いバアロル寺院にかけて、正体を見破られた！

それ以外にはありえなかった。ポカラという町のちいさなグライダー駐機場のはしにさしかかったとたんに、サイレンが鳴りひびいたのだ。

わたしは走りだし……驚いた。わたしといっしょにたくさんの馬や牛が走りだしたからだ。われわれの乗る浮遊バスが着陸したのち、牛たちは草の生えた着陸床をのんびり歩いていたというのに。

動物たちにはなにも恐れる理由はないはずだ。かれらはわたしのようなＧＯＩコマンドの一員ではない。

興奮しすぎてわたしは前をよく見ていなかった。そのために障害物を見落とし、いきなりエレガントとはいえない姿で滑空した。その直後に墜落する。

草から鼻をあげて身を起こすと、わたしは永遠の戦士の追っ手を探して周囲を見た。だが、そこにいるのは浮遊バスの同乗者たちだけ。かれらも数秒前のわたしと同じようにテラの動物と競走している。

だが、そうではない者がいた。

遺伝子技術者のムチラ・ローランドレだ。髪が黒く、唇のふっくらした美人。彼女も同じ観光客グループにいて、テラニア・シティに着いて以来、いつもわたしのそばにいる。

彼女はわたしの一メートル半ほど後方で棒のように倒れていた。

どのような障害物の上を〝飛んだ〟のか、合点がいった。

ムチラも身を起こす。なかば非難がましく、なかば誘惑するようにわたしを見た。左の腰をさすりながら、痛そうに顔をゆがめる。

「痛かったかい？」わたしは心配になってたずねた。

「あなたがロバみたいに蹴ったのよ、シディ。かわいいちいさなバアロルのロバみたいにね。立つのを手伝って、ほら！」

そこではじめて、わたしの足が彼女の腰にぶつかったらしいとわかった。わたしは爪先に金属カバーがついたトレッキング・シューズをはいている。これが当たったムチラの腰がどれほど痛いか、想像できた。

それなのに彼女はわたしを〝かわいいちいさなバアロルのロバ〟と呼んだ。妙な気分になる。なぜそういったのかと考えて、だが、彼女が助けをもとめて手をさしだしたので、応じないわけにはいかなかった。

わたしは立ちあがって彼女のそばに行き、手をさしだした。だが残念なことに、転んだときに小型旅行バッグが肩から滑り落ちていたのを見のがしていた。バッグのベルトはくるぶしまで落ちていたのに、ムチラに誘惑されて動転し、気がついていなかった。

それがわかったのは、ムチラのそばへ行く最後の一歩を踏みだしたとき……いや、踏みだそうとしたときだ。そのときには、すでにふたたび飛んでいた。なすすべもなくそのようなはめになったのがショックで、わたしは思わず死んだふりをした。すると、女遺伝子技術者が人工呼吸をする。

バアロルにかけて、なんてことだ。わたしがトラカラトからテラへきたのは、噂どおりに奔放で美しい女テラナーの腕に抱かれるためではない！　われわれアンティは星々をまたぐ女たらしではない。それに、わたしにはべつの心配ごとがある。女がよってくることに対して、わたしになにができる！　このたくましい体格と天性の魅力のせいかもしれないが、どうにもならないではないか。

先ほどもいったように、わたしは死んだふりをした。だが、すぐに生きかえった。だれかがすぐそばで、おそらく非難をこめて、大きな咳ばらいをしたためだ。

ダゴルの肩の動きをすこし投入して、わたしはムチラをはらいのけた。立ちあがったが、またしても旅行バッグの肩ベルトでつまずきそうになる。ベルトをほどき、バッグを肩にかけなおしながら、わたしはツアー・コンダクターのハンドカル・サンコシュに話しかけた。かれは胸の前で腕を組み、下品な笑みを浮かべて目の前に立っている。わたしはいった。

「きみは勘違いをしているぞ、テラの蛮人。わたしは転んで気を失っていた。だからムチラが人工呼吸をした。見てのとおり、成功して、わたしは息を吹きかえした」

そのあいだに、わたしは永遠の戦士の追っ手を探してひそかに周囲を見た。やはりなにも見あたらないが、そのかわりに二機めの浮遊バスが草の生えた着陸床におりるのが見えた。ポカラへ出発する前に、ハンドカルから聞いた説明を思いだす。

たくさんの説明事項のなかに次のようなものがあった。ポカラの駐機場では古きよき習慣が守られていて、馬と牛のふたつの群れが草をみじかくたもっているという。そのために必要とされるしきたりがひとつあった。つまり、グライダーの着陸前には毎回、馬・鹿を着陸床から追いはらうためにサイレンを鳴らすのだそうだ。いや馬・鹿ではなく馬・牛といったのだったか？　テラの伝統的な悪態にはくわしいのだが！

「見ればわかりますよ」ハンドカル・サンコシュは冷静にいった。「しかし、大げさなことをするべきではありません。ここには子供もいるのですから」

そういって右をさししめした。その動きを目で追うと、ロボット保育士が操縦するカラフルな反重力プラットフォームに乗った子供たちが見えた。

だが、ちいさな女の子や男の子たちはわれわれのほうを見ていない。おそるおそるというようすで右上を眺めている。そこでは雪と氷でおおわれた高い山が、スチールブルーの朝の空にそそり立っていた。

わたしは、テラへ派遣される前にヒュプノ学習で学んだ情報をいくつか急いで思いだした。

それによれば、この巨大な山は八千メートル級の主峰をふくむアンナプルナ連峰の一部のはずだ。

気がつくと胸苦しさに襲われていた。

不思議ではない。アンナプルナI峰はテラのヒマラヤ山脈を構成する八千メートル級の山々のひとつだ。ヒマラヤ山脈はここ十六年のうちに、ウパニシャド学校チョモランマの敷地に徐々にとりこまれている。

わたしは急に乾いてきた唇をなめ、もっと右にあるマカルー山のなにがしかを見ようとした。そこがわたしの目的地だ。さらに、パラチームのほか四名のメンバーの目的地でもある。

わたしの死に場所になるかもしれない！

だが、マカルー山、またの名をカマテル山は、はるか遠く……直線距離で二百五十キロメートルほどだろうか……ここから見えるはずはない。

運命の山！　その言葉がわたしの頭をよぎった。現状では、われわれのコマンドは決死隊に近いのだ。

「そっちでこの惑星の美人を探してもむだよ、ちいさなロバさん！　ほら、フィッシュテール・ホテルで朝食ビュッフェが待ってるわ！」ムチラが耳もとでささやいた。自分の右肩をさすりながら、「ねえ、雄のサイみたいにぶつかってきたわよ！　あなた、もしかしてシャンなの？」

わたしは首を横に振った。ムチラについていく。自分を責めながら。

もっと自分をコントロールしなければならない。今後はわずかでもダゴルの技を使わないように。さもなければ、作戦の目的地に着く前に正体がばれてしまう……

＊

伝統的なホテル〝フィッシュテール〟で品数の多い豊富な朝食をとり、われわれは計画どおりにヒマラヤ山脈の遊覧飛行に出発した。

わたしは自分の任務を考えて、完全ポジトロン制御でこぶし大、二百グラムしかない軽量ヴィデオカメラを使い、できるだけ多く撮影した。頭を〝かたちのうえでは〟下に向けて、浮遊バスの客室にぶらさがりながら。

〝かたちのうえでは〟と断ったのには理由がある。ハンドカル・サンコシュの説明では、この浮遊バスの上部は、宇宙航行前の未開時代の古いテラの遊覧船に似ているが、改造されているという。天井が地面に向くと、地球の重力が中和され、人工重力が投入されて、客はキャビンの床に固定される。はじめて聞く話だったが、テラをめぐるわたしの情報に穴がないわけではないのだろう。穴があってはならないのだが。ただ、わかったのは、浮遊バスの上部がほぼ長方形で、ひろくて、完全に透明なことだ。

「この観光ツアーは、ポカラを出発して、バリ川へと北西に向かいます」ツアー・コンダクターが説明した。「そこから大きく方向転換して北に行きます。ダウラギリ山の西側斜面を通過してブラマプトラ川の上流にいたり、川からつかずはなれず下流に向かいます。その後、おおむね東にコースをとり、視界がいまと変わらなければ、お待ちかねのエベレスト山とカンチェンジュンガ山が見えるでしょう。カンチェンジュンガ山から二十キロメートル東でほぼ垂直に南へ曲がり、ウパニシャド学校の敷地ぎりぎりを行き、ダージリンとカリンポンのあいだを飛行いたします」

「エベレスト山の上は飛ばないの?」と、ムチラ・ローランドレが叫んだ。

「飛びません」ハンドカルが急につっけんどんな口調になり返事をした。しわだらけの暗褐色の顔とは対照的な明るいブルーの瞳で、ムチラをしげしげと見る。「山全体がウパニシャド学校の敷地で、飛行は禁止されています……学校関係者か入学希望者はべつですが。敷地は、幅百キロメートル、奥行き五百キロメートルほどがプシオン性バリア・フィールドでおおわれていて、資格のない者は入れません。それでも入ろうとするのは、自殺しようという者か、シャドの志願者です」

思わず同意しそうになったのは、パラチーム仲間のティンタ・ラエを思いだしたからだ。彼女には潜在的なモヴェーター能力があり、だれよりもむずかしい任務を引き受けている。シャド候補生としてウパニシャド学校チョモランマにまぎれこみ、内部から合流するのだ。われわれのためにできるだけの道ならしをする。ティンタはいまごろ、ウパニシャド学校敷地の境界まで行く方法を見つけているはずだ。わたしはその立場になりたくないと思った。オクストーン人には、ほかの四名を合わせた以上の抵抗力があるとはいっても。

ハンドカルが咳ばらいをして話をつづけた。

「ダージリンとカリンポンのあいだを通りぬけたら、北西に向かいます。ヒマラヤ山脈のシルエットを南から見ることができるでしょう。真昼の高い太陽を背に受けて、それはすばらしい眺めですよ。そのうえ、マカルー山がすぐそばに見えます。ウパニシャド学校の敷地の境界線はその山の南斜面をはしっていますから、近くを飛ぶことは許されているのです」

〝許されている〟と話したハンドカルの声には苦々しさがにじんでいた。気持ちはよくわかる。異星人がトラカラトに住みついて、もっとも美しい自然保護区の使用を要求したら、わたしも気にいらないだろう。いまでもわからないが、なぜあのときテラナーはそれを許したのか。自分たちの世界の最高峰の頂上にウパニシャド学校を建てさせ、そこで治外法権を許し、敷地をさらに拡大させるとは。

そうだ！　ジュリアン・ティフラーがわたしに説明しようとしたことがある。銀河系の当時のソトはストーカーという名前で、狡猾《こうかつ》な甘言使いであり、陰謀の達人だったという。テラナーの懐に入りこみ、よろこんでいいなりにさせたそうだ。

ティフラーなら知っているにちがいない。かれ自身がストーカーの〝魅力〟にやられて、望んでシャド候補生になり、修行をすべくエベレスト山のウパニシャド学校におもむいたのだから。はじめは週末に行くトレーニングセンターの一種だとしか考えていなかったと聞いて、わたしは愉快になったが、すぐに真剣になった。

永遠の戦士は当時、ティフラーのこともだましたのだ……ほかの多くのテラナーをだましたように。シャド候補生たちは、背景を見ぬく前に法典分子の犠牲になり、みずからの自由意志を失ったのだ。

ギャラクティカーはあまりにも長くこの芝居に魅了され、傍観していた。力の集合体エスタルトゥの奇蹟を銀河系にもたらし、超越知性体の超技術を輸出するという、ストーカーの約束を信じていた。

ストーカーが後継者のスティギアンに敗北して解任されて、ギャラクティカーはようやく目をさました。ただその理由は、スティギアンがストーカーとはまったく違うタイプだったからにすぎない。ストーカーのように言葉巧みにいいくるめたりせず、きびしく統制したために、ギャラクティカーは歯ぎしりすることになった。

なかでも、スティギアンから〝贈られた〟奇蹟、ゴルディオスの結び目によって、銀河系はプシオン・ネットから切りはなされ、宇宙航行は完全にスティギアン・ネットに依存するようになった。ゴルディオスの結び目のふたつの構成要素のうちのひとつが、スティギアン・ネットだ。

だれかがわたしのあばらを肘でつついた。わたしは驚いて物思いからさめ、カメラを落としそうになった。下にテラの山なみがあり、上には浮遊バスの床が見える。

思いだした。頭は下だが、反対向きの人工重力のもとで飛んでいると。

「目を開けて夢をみているのね、シディ」ムチラがなかば楽しそうに、なかば非難がましく、「あなたもどう？」

彼女はいかにもテラナーらしく顎を動かして嚙みながら、わたしにチューインガムをさしだした。

「いや、いいよ！」わたしは不機嫌に断った。香料入りの弾性ゴムを歯のあいだにくっつけると考えただけで、吐き気がする。

次の瞬間、わたしは目を閉じた。感覚がまた混乱したので、順応しなければならない。浮遊バスが回転し、上部を空に向けたのだ。だが、乗客はやはり重力で床に固定されている。ただ、いまは人工重力ではなく、テラの自然な重力だった。

ふたたび目を開けると、魅了される光景がひろがっていた。

正面にあるのはブラマプトラ川が流れるひろびろとした谷だ。そのはるか遠くに、ヒマラヤ山脈と並行してはしり、カラコルム山脈につづく連峰が見える。だが、わたしの意識は目で見えるよりも遠くをとらえられる。荒涼とした岩がちな山岳地帯の砂漠の向こうに、万年雪におおわれた鋸歯状《きょし》の山頂がそそり立っている。古代チベットの僧院や寺院が目に入った。説明しがたいかたちで霊からインスピレーションを受けたかたちのように見える。その霊は、バアロルのそれと似たところがあるのかもしれない。

わたしはぞっとした。

時間の深淵をこえて、テラナーとアコン人とアンティに共通する過去がわたしに手を伸ばしていた。この一帯のどこかで原初の教えが生じたのかもしれない。そこからはるかのちにチベット仏教やバアロル教団が生まれるような教えが。

「あなたはほんとうに夢みがちなのね」と、ムチラがいった。浮遊バスはブラマプトラ川の豊穣な谷へと高度をさげ、川沿いに飛行していく。

「ガムを出すんだ!」わたしはぶっきらぼうに女テラナーにいった。

驚いたことに、ムチラはいわれたとおりにして、わたしに唇を突きだした。

わたしは嘆息して、彼女の顎の下に触れると、ささやいた。

「きみも一度、遠い過去に学ぶといい。現在をもっとよく理解できるようになるかもしれない。そうすれば、色目を使うかわりに未来のためになにかをできるだろう」

ムチラは理解できないという顔でわたしを見ている。

わたしはそのままにしておいた。

＊

カトマンズに着陸したのは午後のことだ。ここがきょうの終着駅で、計画では、ポカラにもどる予定はない。

カトマンズは古い王都で、テラのネパール地区の現在の行政首都でもあった。今夜はこの町に泊まる。きょうは古代寺院と王宮を見学して、夜は由緒あるホテル兼レストラン〝白い寺院〟で食事をするそうだ。そこに宿泊もして、あすは予定どおりにシュンドルボンへ飛び、テラの最後の野生の虎を見にいく。

つまり、観光客たちはあす、予定どおりに出発する。わたしをのぞいて。わたしは朝のうちに、きょう南斜面から見て撮影したマカルー山へと出発して、潜在的テレパスであるエルサンド・グレルと合流する予定だ。さらに、ジュリアン・ティフラーやニア・

セレグリスとも。

そこからが真剣勝負だ。

わたしは物思いを追いはらい、感覚をいまここにもどした。

駐機場から見たカトマンズは、まさに珠玉だった。バグマティ川とヴィシュヌマティ川が合流する谷にあり、低くひろがる町の家々から、あちこちで宮殿や寺院の屋根がそびえている。

わたしは思いだした。この寺院や宮殿のほとんどは修復されたものだ。カトマンズもまた、二十五世紀に、地球の多くの場所と同じく、二次制約者のドランのインターヴァル砲攻撃で粉砕された。テラナーが粘り強くみごとに、すべてをオリジナルに忠実に再現し、すばらしい状態を何千年も維持しているのは、驚くべきことだ。

ハンドカル・サンコシュが説明をするあいだに、われわれは浮遊バスから、都心まで行く小型反撥フィールド・グライダーに乗りかえた。ところが、シートにすわったとたん、気がついた。ムチラ・ローランドレはまだあきらめていないようだ。彼女はわたしの右の席にすわり、いそいそとわたしを見つめた。

気がつくとわたしは彼女の肩に腕をまわしていた。わが下部意識の判断によれば、これほどまでの粘り強さはむくわれるべきということなのだろう。

ムチラは幸せそうに身をよせてきた。グライダーが浮上して町へ疾駆する。

ハンドカルが観光客のグライダーを先導した。古めかしい門を通り、ニューロードを進んでダルバール広場にいたると、グライダーは着陸。ツアー・コンダクターが説明する。これから徒歩で重要な宮殿や寺院のある都心に向かうという。

グライダーを降り、通りのまんなかをのんびり歩いた。わたしはすこし落胆した。都心にはわきたつような活気があるものと思っていたが、見かけるのはロボット骨董品店、自動レストラン、ゲームスタンド、べつの観光客グループぐらいで、地元の住民はみな都心からはなれた緑のなかに住んでいるようだ。とにかく、復元されて保存もされてきたらしき建物は無人だった。

気がつくとダルバール広場のガッディ・バイタックの前は通りすぎていた。タレジュ寺院を訪問し、ジャガンナート寺院の見学にうつる。ここはハンドカル・サンコシュが〝絶対に見のがしてはならない刺激的な観光名所〟だと請けあった場所だ。

ツアー・コンダクターがなにをいわんとしていたのか、わたしはすぐにわかった。この寺院の天井下の梁《はり》には、明らかにエロティックな装飾がほどこされている。ムチラの指の爪がわたしの腕に食いこんだ。この装飾のせいで頭に血がのぼったのだろう。

ツアー・コンダクターが解説した。稲妻とは若き女神なのだそうだ。この女神が稲妻というかたちで天からおりてきて、きわめて官能的な装飾を目にすると、驚いてすぐに天へ帰るのだという。家々や寺院に落ちることなく。

これをつくったテラナーは小気味いい想像力の持ち主だ！

眠くなりそうで、わたしはそのあとの観光には行かなかった。トリスリ・バザールにつづく通り沿いのホテル兼レストランに着いたころには、すでに暗くなっていた。わたしは最後の百メートルをムチラを腕に抱きかかえて進んだ。彼女が足がすれて耐えられないほど痛いといったためだ。わたしは驚かなかった。ムチラはかかとの高い靴をはいていたからだ。

〝白い寺院〟のエントランスホールで、われわれは青白い顔のまるまるとしたテラナーに迎えられた。かれはキチドグ・ロルヴィクだと自己紹介した。

わたしはそのアルビノのような赤い目を驚いて見つめた。その名前はテラの伝説のマルティミュータント、ダライモク・ロルヴィクを思いださせる。やがて気がついた。あの半サイノスはこの地域の出身のはずで、同じ名前がこの一帯でいまも使われていても不思議ではないと。

それでもわたしは決めた。近いうちに多機能アームバンドを衛星とつなぎ、ダライモク・ロルヴィクとそのルーツについてすべてのデータを呼びだそうと。データはテラニアの大ポジトロニクスに保存されているはずだ。

全員でシェリー酒を一杯飲み、サーボ・ロボットに部屋まで案内してもらう。身なりをととのえるために。むろん、荷物はすでにとどいている。

わたしはまず、温水と冷水のシャワーをかわるがわる浴びた。ストレッチをいくつかして〝晴れ着〟に着替える。メタリックブルーに光る黒のイブニングスーツだ。わたしはミニバアのそばにすわり、ミネラルウォーターをコップについだ。アームバンド装置の端末セクションを起動し、ダライモク・ロルヴィクのデータを呼びだす。

一秒弱でデータがとどき、アームバンド装置の小型スクリーンに断片的に表示された。奇妙なことに、生誕地の情報はない。しかし、ダライモク・ロルヴィクはチベット人だという。つまり、チベットで生まれたにちがいない。とはいえ、テラナーではなく、人間の姿をとって実体化したサイノスとテラナーの母親のあいだに生まれた息子だ。データを読んで驚いた。ダライモク・ロルヴィクは、ほかの多くのミュータントとともにエデンIIで〝それ〟と融合したのち、いまもそこにとどまっていると一般にはいわれているが、そうではないという。たしかに、旧暦三五八七年、ダライモク・ロルヴィクとタッチャー・ア・ハイヌは〝それ〟にとりこまれた。だが、NGZ四二九年、つまり旧暦四〇一六年にエレメントの支配者がエデンIIを攻撃したとき、ギフィ・マローダーという星間放浪者の手によって解放され、未知の目的のために潜伏しているというのが事実のようだ。

それを読んで、わたしはすこしほっとした。この二名と会ったことはないが、かれらがいつかふたたび銀河系にあらわれる可能性があるというのは、〝それ〟と融合して無為にすごしているより、ずっといいように思えた。

データのなかにはわたしが知らなかったこともいくつかあった。ダライモク・ロルヴィクはある寺院を何度も参拝していたという。その寺院はカピラヴァストゥという町にある。つまり、ここからそう遠くはない。特別ないわれがあって、ロルヴィクの明確な許可がなければだれも入ることができなかったようだ。

ところで、その寺院は〝白い寺院〟という。われわれが泊まっているホテル兼レストランとまったく同じ名前だ。そのフロントのチーフ兼オーナーのファミリーネームがロルヴィクという。

奇妙なことだ。

残念ながら、それ以上考えつづけることはできなかった。食堂〝イーストサイド〟にくるよう、ツアー・コンダクターが館内放送で呼びかけてきたからだ。

わたしはアームバンド装置をオフにして携帯ミラーをしげしげと見た。身長百七十一センチメートル、肩は細く、ぼさぼさの褐色がかったブロンドだから、美少年には見えない。わたしは自分の部屋を出てリフトに向かった。

だが、目的地には着かなかった。乗りまちがえたのだろう。リフトを降りると、〝白い寺院〟の三つの食堂につながるエントランスホールではなく、たくさんの噴水や熱帯植物や間接照明があるルーフガーデンにいた。

奇妙な一団がいる。

そこでかわされるしぐさや言葉や、金と品物がひそかに交換されるようすから、しばらくして合点がいった。わたしが迷いこんだのは、スティギアンの引き締め政策のせいで復活した、いかにもテラらしい取引の場なのだ。

わたしは闇市にいる。

そう納得するやいなや、僧侶に変装した闇商人が、パラ露のしずくを買わないかともちかけてきた。

一瞬、わたしは絶句しかけた。GOIはわれわれコマンドが作戦で使う五キログラムのパラ露をテラに持ちこむために、重大なリスクをおかし、きわめて危険な手段をとらざるをえなかった。それがいきなり、ここでパラ露をさしだされたのだ。

だが、次の瞬間にわかった。これはほんものではない。潜在的テレキネスのわたしは、脳のパラセクターでプシコゴンの半物質化した上位次元エネルギーを即座に感じとれるはずだ。だが、これはなにも感じられない。にせものにちがいなかった。とはいえ、ほんものそっくりのにせものは、パラトロン内被をそなえた特殊容器に入っている。

「これをどうしろっていうんだ？」わたしはつっけんどんに、「これでは自分の考えさえ読めないだろう！」

闇商人はめんくらってわたしを見た。ふたたび商談をこころみてくる。

「パラ露だぞ！」と、呪文のようにささやいた。「宇宙でいちばん貴重な物質だ！ ひと粒のパラ露で、きみは一時間、テレパスやテレキネスやテレポーターになれる。場合によっては未知の超能力を開拓できるかもしれない」

「だが、にせものでは無理だ。これはからっぽじゃないか」

「にせものだと！」疑念もあらわに闇商人はくりかえした。目をまるくして、「きみは潜在能力者だな！」鋭くいうと、わたしのイブニングスーツの襟をつかみ、欲望で目をぎらつかせた。「パニシュが十万ギャラクスの賞金をかけている。いただいたぞ！」

わたしは唇を嚙んだ。

なぜこんなばかなまねができたのだ。第一級の秘密を洩らすとは！

だが、この闇商人にはがっかりしてもらうしかない。

わたしは目だたないようにダゴル・グリップで男をつかんだ。相手が身を守れるはずもない。わたしは微笑して話しかけながら、男をこっそりリフトに連れていき、わたしの部屋の階に移動した。

自室にスパイを引きずりこむと、ふたたびダゴル・グリップを見舞い、完全に無力化する。十時間はこのままのはずだ。

わたしは部屋を出て、食堂に向かおうとした。

だが、行けたのはリフトの前まで。そこでテラナーのシャン四名にかこまれる。かれらはわたしにパラライザーを向け、逮捕するといった。潜在能力者だから、と。

つまり、わたしはあのスパイを過小評価していた。

あの闇商人は音声中継装置を携帯していた。ほとんど見えない、なにかに偽装したマイクロ装置を。その装置が、潜在能力者だというあの男の言葉と、わたしの映像を上役に送信したのだろう。

ほかに選択肢はない。

はったりをかまそう。とにかく、逃走のチャンスが見つかるまで。

「潜在能力者だって？」わたしは疑わしげにくりかえして笑った。「ま、そうかもな！わたしもいままで知らなかった」

「なんの役にもたたんことを」と、シャンの一名が、「きみの映像はある。それに、こちらの諜報員もすぐに見つかるだろう。きみはあの男を無力化したようだ。いや、殺したかもしれない。きみの部屋はどこだ？」

あのスパイをほんとうに殺して、死体をかたづけておけばよかったと、わたしは思った。そうしておけば、いいのがれできたかもしれない。いまできるのは、シャンたちをしばらく引きとめるくらいのことだ。

だが、わずかな執行猶予にしかならないだろう。

「これからは、ひと言も話さないぞ」と、わたしは宣言した。

「ならば、しかたあるまい」シャンが微笑してひと突きしたので、わたしはよろめいた。

「行け！　清掃用具室で話してもらおう。われわれには心得がある」

3　エルサンド・グレルの報告

　人間の大きさの鳥の末裔《まつえい》が、わたしを非難がましく見ている。わたしはチキンの丸焼きを皿にとってロボット・ビュッフェからもどり、ももをねじりとってかぶりついたところだった。

「あなた、おなかがすいているの？」わたしは口をいっぱいにしてたずねた。「お金を貸してあげましょうか？」

　その男はくちばしを何度か開閉したが、なにもいわなかった。スツールから滑りおりて、偉そうに立ち去っていく。

　わたしは考えこみながらかれを見送った。

　その男のうしろ姿は、奇妙なことにきのう北京の動物園で見た大型ペンギンを思いださせた。だが、あの動物のようにのんきではなく、明らかに好戦的だった。それに、幅広のベルトのホルスターに入っていたのは大型ブラスターだろう。

　わたしは知らん顔で食事をつづけた。

た。

「こんにちは」だれかがいって、ついさっきまで鳥の末裔がすわっていた場所に腰かけた。

「こんにちは」と、わたしは応じた。「失礼して食べさせてもらうわ。わたしの名前はエルサンド・グレルよ」

「ヴォントロ・ゴシュダンだ」かれは自己紹介した。「きみはアンティだね？」

わたしは思わず、けさ剃りあげたばかりの頭蓋をなでた。これはトラカラトの女の最新流行だ。

「そのとおりよ」わたしはチキンのもう一本のももをひねりとった。「でも、おちついて食べさせてもらえるかしら。すごくおなかが減っているの」

わたしはほんとうに空腹だった。ホテルで朝食をとったのは一時間前だが、卵を二個、パンを数枚、ソーセージとチーズとジャムがすこしでは腹もちがしない。食欲をおさえなければと、わかっている。太りすぎてはいないが、パラ露を使うようになってから、プシコゴンを手にしていないときは、いつもひどくおなかがすくのだ。

「食事のじゃまをするつもりはないが」ヴォントロはそういって、たいらな携帯ボトルからごくりとひと口飲んだ。「きみがまだ生きていてよかったと、お祝いをいわせてもらいたかったのだ。ふつう、法典守護者を侮辱した者は、相手から決闘を申しこまれることになっている」

わたしはむせそうになり、

「法典守護者？」と、驚いて叫んだ。「わたしが法典守護者を侮辱した？　さっきわたしの前にすわっていた、あのふうがわりな鳥のこと？」

「まさに、そのとおり！」ヴォントロは同意して、骨ばった両手をこすりあわせた。

「かれは法典守護者で……シオム・ソム銀河のソム人だ。スティギアンの手下だろう。くちばしの前で焼いた鳥を食われれば、鳥の末裔がどんな気分になるか、想像できるかね？」

「わからないわ」わたしは手羽先をちぎりとった。

「おそらく、きみが食事中に人間を食べている者を何名か目にする、というようなことだろう」

「そんなことが起きるはずはないでしょう」そう返事をして、わたしはぱりぱりの鳥の皮をかじった。

そのときようやく、ヴォントロ・ゴシュダンのいわんとしたことが理解できた。

わたしは手羽先をおろして皿をわきに押しやった。もう食欲はない。鳥の末裔に無礼なことをしたと、後悔した。

「悪いことをしてしまったわ」わたしはそういって、ひそかに周囲を見た。鳥の末裔がほんとうにどこかへ行ったのか、確信が持てずに。

あの男は法典守護者でシオム・ソム銀河出身のソム人だと、ヴォンドロ・ゴシュダンはいった。自分で気がつかなければならなかったのに、わたしは空腹すぎて思考力がにぶっていたのだろう。GOIのメンバーとして、力の集合体エスタルトゥの主要種族は知っているし、その外見もおぼえている。さらに、かれらが永遠の戦士のヒエラルキーでどのような地位にあるのかも。

ソム人だと即座に理解しなければならなかった。あの知性体は永遠の戦士とエルファード人に次いで三番めの地位にあり、永遠の戦士の政治・軍事的な戦略家だと、思いだすべきだったのだ。

すくなくとも、あのソム人が着用していたシャント・コンビネーションが警告を発していたはず。軽率だった。ソム人を侮辱するとは。場合によっては、わたしの任務とパラチームの仲間たちが危険にさらされるかもしれない。なんらかの影響が出るだろう。この件はできるだけ早くジュリアン・ティフラーに報告しなければならない。もしかしたら、わたしはパラ露を使ううちに依存症になり、あのしずくなしでは不安定になってしまうのだろうか？

「どうしたのかね？」ヴォントロがたずねて、わたしのコンビネーションの袖を引っぱった。「ほら、〝山の精〟を飲むといい！　頭がすっきりする」

マシンのように、わたしはさしだされた携帯ボトルを手にとって、口に当てると、ゆっくりひと口飲んだ。

次の瞬間、わたしはさっと空気を吸いこんだ。アルコールが液体の炎のように喉を焼いた。

「すぐによくなる、エルサンド」と、ヴォントロがいう。「山の精はカピラヴァストゥの町の上のほうにあるシシュタ・ガルファドという古い僧院でつくられていて、浄化の炎のようなものだ」

「そうみたいね」すこし回復してからわたしはいった。「ありがとう、ヴォントロ」

その薬草酒はほんとうに効いた。すぐにそうとわかる。やはり、パラ露がなければわたしの頭は混乱するようだ。いまになってはじめて、わたしやヴォントロの周囲の喧騒《けんそう》を意識した。それまでは対岸の火事のようにしか感じていなかった。

物音が大きくはっきり聞こえた。さらに、カラフルなプラスティック・プレートでできた屋台や、たくさんの銀河から運ばれてきたがらくたを売る商人や、人形のような化粧をしたテラの若い女や、私服あるいはシャント・コンビネーション姿のエスタルトゥ出身の未知者や、銀河系のありったけの種族のシャドが見えた。シャドたちは自信満々で歩きまわり、若い女に色目を使っている。

エベレスト山北西の絨轄《ロンシャー》という町にいると正確に知らなければ、力の集合体エスタルトゥの惑星にいると思ったかもしれない。この町にはテラらしさがない。ウパニシャド学校チョモランマの封鎖区域にふくまれてはいないが、とっくに永遠の戦士の町になっている。

わたしは嘆息して、

「あなたの山の精はほんとうにわたしの頭をすっきりさせてくれたわ、ヴォントロ。どこで買えるのか、教えてくれる？」

返事がなく、わたしは振りかえった。

ヴォントロがすわっていた場所は空になっている。あのテラナーは……とにかくわたしはテラナーだと思った……どこにも見あたらない。

しずかにこっそりといなくなっていた。

だが、なにかを置いていっている。赤銅色でひらたい、半金属の携帯ボトルだ。

わたしはそれを手にとった。栓を開けてなかを見る。いっぱいに入っていた。たちのぼってくるにおいは、まちがいない。

これはたしかに山の精のにおいだ。

わたしはちびりと飲み、きつく栓をした。サーモンピンクのコンビネーションの脚ポケットにボトルを押しこむ。

感覚がさらに明瞭になった。

「ありがとう、ロンシャーのよき霊よ」わたしはつぶやいて、スツールをおりると、人混みにまぎれた。

4　ジュリアン・ティフラーの報告

ニア・セレグリスとわたしは手をとりあった。テラの周回軌道に入ったハンザ船《キサイマン》の転送機がオンになる前に。

われわれは地球に向かう。

だが、地球はもはや安全な場所ではない。罠だらけのラビリンスだ。

われわれは離反したパニシュであり、GOIの幹部でもある。つまり、永遠の戦士やその手下にとって第一級の反逆者だ。かれらやその手下から安全に守られる場所はどこにもない。われわれにかけられた何メガギャラクスもの賞金のために、手下や、手下の手下からあちこちで狙われている。

どこよりも危険なのはテラだ。テラにスティギアンの本拠地があり、手下がもっとも多く集まっている。いや、理由はそれだけではない。永遠の戦士はわれわれがときおりテラに姿をあらわすと考えて、そこにわれわれを追うハンターを大勢、配置している。

したがって、目的地に直接は向かわず、まわり道をした。

われわれはセランの防御バリア・プロジェクターにプログラミングをほどこし、受け入れステーションで再実体化した直後に作動するようにした。そうしておけば、われわれがふたたび意識的に知覚し、思考し、行動できるころには、すでにパラトロン・バリアが展開しているはずだ。

さいわい、この予防措置は不要だった。実体化した倉庫の転送機についた光る天井プレートが、閉じた輪を描いている。危険があれば、この輪は開く。このシグナルを出すのは小型生体ポジトロニクスで、操作主任が完全に透明な装甲トロプロン製の操作キャビンから出すハンドサインよりも信用できる。

操作主任はGOIの秘密メンバーで、裏切るはずはないが、つねにそなえておかなければならない。われわれがどこを中継ステーションとして使っているのか、永遠の戦士の追跡専門家が突きとめ、エスタルトゥ技術の卓越した手段を投入して、われわれが信頼する人物を精神的にプログラミングしなおすかもしれない。光の輪によるシグナルは味方にも知られていないため、かれらが敵から完全に操られても洩らす心配はない。

わたしは右手をあげて合図した。準備されていたハンザ司令部内の秘密転送機への送り出しを〝仲間〟が実行するように。

その直後、転送の閃光がわれわれの存在を倉庫の時空座標から消し、ハンザ司令部内のある部屋の座標に再生させた。

数分の一秒ののち、わたしの視界がクリアになった。転送機室の壁が安定したブルーの光を発している。これはすべて順調というこの場所のサインである。

それでもニアとわたしは防御バリア・プロジェクターをすぐには切らなかった。何度も命の火を吹き消されかけて、われわれはきわめて慎重になっている。

特殊ロボットのクニベルトがあらわれるまで、われわれは待った。ロボットが本日有効なコード・シグナルをこちらのパラトロン・バリアの通信用構造亀裂ごしに指向性ビームで発する。コードが合致。さらにセキュリティ・シグナルも合致した。クニベルトの前に一技術者が部屋に入ってきて、二名の技術者がロボットにつづく。

このときはじめて、わたしとニアはパラトロン・バリア・プロジェクターを切った。

「ラビリンスへようこそ！」と、クニベルトがいう。

ロボットのいう〝ラビリンス〟とは、むろん秘密転送機があるハンザ司令部内の秘密ステーションのことだ。われわれはこの場所をそう呼んでいた。部外者はここで絶対に道に迷うと、われわれの専門家たちは請けあっている。

「ありがとう、クニベルト！」と、ニアがいった。彼女はいつもそうする。ロボットにとってお礼の言葉に意味はないのだが。

われわれは技術者三名に挨拶した。かれらもGOIのメンバーだ。そのあとはクニベルトが案内する。秘密ステーションのラビリンスを通りぬけられるのは、ポジトロニクスだけだ。この迷宮はつねになんの前触れもなく変化する。

せまい通廊を行き、らせん階段をのぼりおりし、たくさんの鏡や透明壁をそなえた部屋をいくつも横切るあいだ、わたしは考えこんでいた。あらゆる保安処置にもかかわらず、永遠の戦士のハンターがこの秘密ステーションを発見するのは、いつのことだろうかと。

いつかは見つかるだろう。あらゆる方法で巧妙にカムフラージュしているとしても。さらに、人員や物品の受け入れや送り出しと同時に、ハンザ司令部の公共スペースや秘密ステーション周辺に設置されたほかの転送機、三十基が作動するようプログラミングされているとしても。それらの転送機が通常の重力ラインをゆがめることで、われわれの転送機が発する相対的にわずかなゆがみが上書きされる。こうして超高感度構造走査機による探知を防ぎ、位置の特定を不可能にしている。

それでもわれわれは予想していた。永遠の戦士の科学者はさらに高感度の構造走査機を開発し、三十一もの重力ラインのゆがみからひとつをよりわけ、発見するかもしれないと。だが、ハンザやGOIの科学者も無為にすごしてきたわけではない。

一瞬ののち、ホーマー・G・アダムスが目の前に立っていた。

宇宙ハンザの経済部チーフは、黄色光で満たされた六角形の部屋の壁にもたれていた。悲しげな顔をしている。またしても詫びようとするかのように。ストーカーの陰謀に同調し、初代ソトに銀河系の進歩に対する影響力をあたえて間接的にスティギアンのために地ならしをしたのは、自分だったと。

だがわたしには、謝罪に耳をかたむけるつもりはない。アダムスとわたしは充分に話しあった。ニアとわたしが法典ガスの重篤《じゅうとく》な作用から解放されたあとで。あれでこの件はかたづいているし、わたしもそう思っている。友として、自分を責めつづけ、わが身を切り裂くホーマーを、放置するわけにはいかなかった。

「もうよしましょう、ホーマー!」わたしは叫んだ。「過去の話をする時間もありません。ニアとわたしはパラチームのタイムスケジュールを守らなければ」

アダムスは深々と嘆息した。気をとりなおし、

「よし!」と、いって、ニアやわたしと握手をした。「ハンザ司令部へようこそ、友よ! ファジー・スラッチから、エスタルトゥのカルタン人についてすべてを聞かせてもらった。わたしはこれを解明するつもりだ。M－33に駐留しているPIGが、スラッチ部隊の到着を報告してきた。なぜカルタン人が時間や費用をかけてエスタルトゥまで航行するのか、あの情報局が突きとめるだろう。入植準備の線はまずない。そのためにカルタン人が遠い銀河へ行く必要はなかろう。M－33で数千年は版図を拡張できるはずだ」

「なるほど」と、わたしは応じた。

だが、いまとりあげるべき話ではない。それはGOIが近いうちに解決すべき真の問題ではなかった。

「その話はあとにしましょう、ホーマー」ニアが割って入る。「"神聖寺院作戦"と名づけた目前のミッションには、守らなければならないタイムスケジュールがあります。《キサイマン》はハンター旅団のパトロールを避けるために、何度もコースを変えることになりました。時間はぎりぎりなんです」

宇宙ハンザの経済部チーフがはっとして壁をはなれた。われわれに大きなデスク前の椅子をすすめ、みずからはデスク奥の椅子にすわる。

「そうだ、敵はますます活発になっている」アダムスは嘆いた。「最近、十一回もハンザ首脳陣のもとにスパイを送りこもうとした。ハンザ司令部はあらゆる種類の探知・走査ビームをたびたび照射され、一部はつねに向けられている。秘密ステーションに忍びこむのも大変なんだよ」

「永遠の戦士が目に見える敗北を喫すれば喫するほど、執拗になるでしょうね」と、わたしはいった。「ホーマー、スティギアンがいまチョモランマにいないと確認する必要があります。そうでなければ神聖寺院作戦が成功する見こみははない。スティギアンがいれば、顧問官や護衛部隊も本拠地にくるでしょう。すくなくとも、ソトムには大勢の部下が滞在しているはずだ。本人は一時的にウパニシャド学校のべつのセクターにいるとしても」

「スティギアンがテラをはなれ、まだ帰還していないことは、百パーセントまちがいない」アダムスは真剣な顔で、「だが、信用できる筋からその情報を得るために、どれほどの出費をすることになったのかは、訊かないでくれ」

ニアが音が聞こえるほどの安堵の息をついて、

「ありがとうございます、ホーマー」と、小声でいった。「それなら作戦にうつれるでしょう。装備のほうはどうなってます?」

「すべて、マカルー山の麓《ふもと》のかくれ場にうつしてある」アダムスが答えた。「必要なものはすべてそこで見つかる。パラチームのメンバーそれぞれの体格に合うセラン防護服、数種類のポータブル・ストリクター、スイッチ・ニードル銃、マイクロ核爆弾が数個、それぞれに千粒のパラ露のしずくが入ったパラトロン保護容器が五個、さらに、ティピ四台だ」

「ティピ……?」わたしはゆっくりとくりかえした。「ネイティヴアメリカンのテントで、なにをしろと?」

ホーマーはにやりとした。

「きみもわたしがテントを用意したとは思っていないのだろう、ティフ。ティピとは、新型の携行転送機をそなえた特殊ロボットのコードネームだ」

「それはエスタルトゥの技術でも探知されないのですか?」ニアが大声でたずねる。

「そのとおりだ」頭の大きい、背中の曲がった小柄な半ミュータントが応じる。「ティピにはふたつのコンポーネントからなるアブソーバーがある。ひとつは送り出し・受け入れのショックを完全に中和する。もうひとつは、ハイパー空間を移動するすべての送出物に同行し、その物体の上位エネルギー・インパルスに組みこまれ、物体から発せられるショック波をみずからと結びつけて低減させ、実質的に消滅させる」

「すばらしいですね、ホーマー!」ニアが思わずもらした。

「おめでとうといわせてください」わたしはとっさにアダムスと握手をかわした。

わたしは心から安堵していた。転送時に探知されるリスクは、神聖寺院作戦の弱点だった。これで、スティギアンの司令本部のシントロニクスから情報を盗んだのち、古典的な方法で脱出せずにすむ。そこで、ウパニシャド学校チョモランマのフィールド・バリアにあけた構造亀裂とウパニシャド学校の敷地内外に設置した二台の携行転送機で逃走する計画を立てた。

われわれが敷地から出られる可能性は、GOI司令本部のシントロニクスによれば七十パーセントだ。ところが、最終的に安全なところに行ける可能性は十七パーセントしかない。その要因はふたつあった。第一に、外側の転送機はひそかに開けた構造亀裂のすぐそばになければならない。構造亀裂を開くために大量の転送エネルギーを消費するからだ。そして第二に、スティギアンの手下がわれわれの転送を探知すれば、ただちに最実体化地点に阻害爆弾を投入して、転送機を使えなくすることが確実視されていたからだ。

転送が探知されなければ、同時に決定的な利点がふたつ生じる。第一に、パラチームのメンバーがぶじに脱出できる可能性がすくなくとも五十パーセント上昇する。第二に、ウパニシャド学校チョモランマへの侵入時にもティピが使える。

「成功しそうですね」と、わたしはいった。「これで仲間たちに心おきなくいえますよ。われわれのミッションは決死隊ではないと」

アダムスは両手をこすりあわせた。まだなにかをたくらんでいるのだ。なにが飛びだすのか、わたしはわくわくした。

「出発しなければ」わたしはそういうと、ニアに向きなおって、「探知されないスペース＝ジェットでも、音速の二十倍でマカルー山まで飛ぶわけにはいかない。シャドたちに音を聞かれてしまうだろう」

「ヒマラヤのコオロギでさえ、きみたちの音は聞きとれないよ」アダムスは楽しそうにつぶやき、ふたたび両手をこすりあわせた。「つまり、きみたちはここに配置されたティピでマカルー山の地下庫に直接、送りだされる。さて、これを聞いてなんというかな、友よ？」

ニアはわたしより身軽だった。アダムスに跳びつくと、キスをして感謝した。わたしにはできない。わたしがすれば子供じみたことになるだろう。そこで、ふたたび握手するにとどめた。

ホーマーのことだ、気前よく資金を投じて新型ダブルコンポーネント・アブソーバーの開発を断行したのだろう。なによりもテスト機の実験段階で巨額が消えたはずだ。最初はパニシュの探知を避けるべく大量のエネルギーを投入して遮蔽《しゃへい》する必要がある。のちには敵の探知のもとで実験したにちがいない。絶対に探知されないと確信するために。

これこそ、われわれが必要としていたものだ。

断固たる行為、大胆な資金の投入、革新的な技術開発。敵との技術格差を徐々に埋め、場合によっては凌駕《りょうが》する。

「作戦が完了したら、エスタルトゥ遠征の準備をしましょう」と、わたしはいった。

「ペリーならティピのような転送機ロボットをうまく使えるはずだ。スティギアン・ネットとプシオン・ネットのあいだに横たわる幅五百光年の〝溝〟も、より高性能のティピで気づかれずにこえられるかもしれない」

このとき頭にあったのは、ガルブレイス・デイトンのことだ。十二年前、デイトンは《バジス》で局部銀河群を去った。《バジス》が強制的にエネルプシ・エンジンに換装される事態を防ぐために。かれは実質的にわれわれから切りはなされた。だが、ティピがあればあらゆる場所に橋をかけられる。外からなかへ、さらに、逆にも溝をこえられるだろう。

これもまた、ギャラクティカーたちの胸に希望の火を燃えたたせるはずだ。それは必要だった。スティギアンの権力など一時的なものにすぎず、近い未来に銀河系全体が破滅せずにふたたび自由になれるという、たしかな希望が。

われわれは踵《きびす》を返し、クニベルトの案内で転送機ホールに向かった。だが、アーチ形転送機の両極間の赤く光るプレートには乗らない。そのかわりに、高さ三メートル、幅も同じほどの黒い分子強化メタルプラスティック製ロボットの前に立つ。

「忘れないうちに」と、同行してきたアダムスがいった。「つい最近、コズミック・バザールが規定座標に固定された。ソトの強い要望でね。やむなくエンジン装置を停止させて、封印するしかなかった。絶対に動くことのないように」

わたしはわきあがる怒りを感じて、

「あなたたちは譲歩しすぎている」と、いった。

「そうかもしれない」アダムスは認めた。「だが、柔軟に応じなければ、ソトは恒久的葛藤をしかけてくるだろう。その口実をあたえるつもりはないのでね」

「ホーマーのいうとおりよ」わたしが反論する前にニアがいった。「わたしたちを戦争に巻きこめたら、スティギアンは大よろこびするはずだわ」

わたしはうなずいた。そのとおりだ。GOIが設立されたのは、永遠の戦士と戦うためだが、同時に、銀河系内のあからさまな武力衝突を避けるためでもあった。ティピが太股《ふともも》のように太いアームをひろげて折り曲げ、われわれがプロジェクションの両極……実際にそうなのだが……のあいだに入るようにした。ホーマー・G・アダムスとの別れの時である。

ホーマーはあわてて数歩さがり、手を振ると叫んだ。

「成功を祈る、友よ！　生きてぶじにもどってくれ！」

ニアとわたしは黙って手を振った。

いま、言葉はむなしい。なにも伝えられないだろう。われわれが生きて神聖寺院作戦を終えられるかどうか、だれにもわからない。ティピがあっても、やはりきわめて危険だった。

上位次元エネルギー性のアーチがまばゆく光り……消えた。

だが、わたしとニアがいるのは、ラビリンスのティピの前ではない。マカルー山の麓の洞窟にいる、あのティピの〝きょうだい〟の前だった……

5 ティンタ・ラエの報告

トイレを見にいこうと思いついたが、もう手遅れだろう。ジェリシャル・コイペルを神経毒で殺した者が、まだ犯行現場にいるはずはない。

だが、それがまさにまちがいだったと判明する。

一秒後、シャンのテルコンズルがトイレを見ようと思いついたようだ。わたしもほかのだれも、ジェリシャル・コイペルがイモルグラディンの効果があらわれる数秒前にトイレから出てきたと話してはいないが。

シャンである超重族と、わたしとの違いは、シャンには自分の発見の意味がさっぱりわからなかったことだ。かれはよろめきながらもどってきた。両手を頸にあてて、驚愕した顔をしながら。

かれの上役であるパニシュのネサ・クルドは虎のごとくジャンプしてそばに行ったが、介抱するためではない。

足がふたたび床につく前に、ネサ・クルドはトイレの開いたままのハッチの奥へパラライザーを撃っていた。次の瞬間、電光石火でわきに身を投げ、ふたたびハッチの奥を銃撃する。ついで応援にきたシャド二名とともにトイレに駆けこんだ。

かれの射撃に応じた者はいない。

なにが起きたのか、想像はついた。犯人の立場で考えれば。

だが、それをたしかめるために、トイレへ駆けこんだ者のあとを追ったりはしない。

わたしは超重族の介抱をした。たったいま、イモルグラディンの効き目が猛烈にあらわれたのだ。

テルコンズルは大声で叫びはしなかった。シャンはからだの反応を充分にコントロールできる。ウパニシャド学校教育の、すくなくとも最初の三段階を修了しているからだ。それらには、チャリムチャルつまり肉体の超克、チャルゴンチャルつまり精神の超克、シャントつまり戦いという名称がつけられているが、理由もなくそう呼ばれているわけではない。

いや、テルコンズルは完璧に近い自己コントロールを習得している。それでもすさまじい苦痛を味わっていた。ぐるりとまわる目、引きつった顔、不自然に大きく開いた口から、そうとわかる。

わたしはテルコンズルのそばにしゃがみこんだ。板のようにかたくなったからだを抱きあげ、頭をわたしの膝にのせる。もっとも苦しいときにひとりにはしないと、かれに伝えるために。

むろん、ジェリシャル・コイペルと同じく、救えはしないだろう。だが、遺伝子操作クリイト草抽出物を注射すれば、これ以上の苦痛をはぶくことはできる。まさにそれに希望をかけていることが、かれの目から読みとれた。

わたしはテルコンズルの頸に自動粘着注射カプセルを三つ貼りつけた。超重族はテラナーよりもはるかに大量のオクストーンの鎮痛剤を必要とする。

ほんの一瞬ののち、痛みと死の苦しみで硬直していたテルコンズルの筋肉がゆるんだ。シャンの目を感謝の笑みがよぎる。ついで目を閉じると、からだから力が抜けた。テルコンズルはすっかり気を失い、もうなにも感じていない。

「そこでなにをしている?」だれかがわたしにどなった。

わたしは腕のなかで超重族を揺するのをやめた。無意識のうちにやっていた。目をあげると、ネサ・クルドが目の前に立って、脅すように見おろしている。

「見てのとおりです」わたしは応じて、パニシュの挑むような目を平然と見かえした。

「だれかが世話をしなければ」

「第一の犠牲者と同じように、きみはテルコンズルを遺伝子操作クリイト草抽出物で気絶させた」

「助けられるのはそれだけだと思ったので」

「だが、テルコンズルはシャンなのだぞ！」パニシュが憤然という。

それですべてをいいつくしたといわんばかりに！

「それでも、考えて感じる生物ではありませんか」わたしはおだやかに応じて、死にゆく意識のない者を床に横たえた。「だから、だれかがそばにいて支えるべきです」

わたしはゆっくり身を起こした。ネサ・クルドはわたしと同じほどの背丈で、すっかり立ちあがると、すぐそばで顔が同じ高さになる。

パニシュの目から徐々に怒りが消えた。表情からわかる。ネサ・クルドは考えこみ、いやいやながらもわたしの行為を賞讃しようとしている。やがて口を開いた。

「そうだな。きみは正しいのだろう、ティンタ。感謝する、テルコンズルの世話をしてくれて」そういって、ほとんどわからないほど微笑した。「もし、ウパニシャド学校チョモランマ入学に興味があれば、わたしがとりなそう」

「わたしはそのためにテラへきました」わたしは真剣に、「テラニア・シティで募集窓口を探すつもりでした」

「探してもむだだろうな、ティンタ」と、パニシュが応じる。「シャン候補生の募集窓口は存在しない。ウパニシャド学校に入学したい者は現地に行く必要がある。きみは本気か、ティンタ？」

「本気です、パニシュ」わたしは返事をした。

わたしの言葉を聞いた乗客たちのあいだにひろがったささやきは、気にならなかった。かれらは間接的な反対を強く表明しないよう気をつけてもいた。パニシュがそばにいれば、ひかえめにしたほうがいい。

「それはよかった！」と、ネサ・クルドが叫んだ。その表情から、正直に話しているとわかる。

わたしは急にみじめな気分になった。わたしは正直に話をせずに、このテラナーの理想主義を恥知らずにも利用している。

とはいえ、この一時的な気分はすぐに消えた。エスタルトゥの戦士崇拝がどれほど嘘でひどいものか、よくわかっている。だが、その組織のなかにいる者は知らないのだ。自分すくなくとも、かれらはほかの知性体にくらべていいわけでも悪いわけでもない。自分の意志で悪に仕えているのではなく、法典ガスで操作され、そのために戦士崇拝は世界でもっともいいものだと信じているのだ。

「ならば、わたしがきみを招待しよう。テラニア宇宙港に着陸したのち、わたしとともにチョモランマまで飛ぶといい、シャド候補生ティンタ」と、パニシュはいった。

わたしはテラニア・シティをすこし見物するつもりだった。だが、パニシュのとなりでウパニシャド学校にすんなり入れるという絶好のチャンスは、二度と訪れないだろう。これは利用するべきだ。

「そうさせてもらいます、パニシュ」と、応じた。「ありがとうございます！」

「礼をいうのはわたしのほうだ。それでは犯人の件をさっさとかたづけよう。テラニ
に長くとどまらずにすむように。犯人はトロサル・フラサムという名前で、火星市民だ。
知っているか？」

「いいえ」と、わたしはありのままを答えた。

「そうだ」ネサ・クルドが同意する。「最初から逃げるつもりではなかったのだろう。
トイレのハッチのすぐ裏にかくれて毒矢の射出装置をかまえ、われわれが探しにくるの
を待っていた。だが、そこに入っていたのはイモルグラディンではなく、ただちに痛みもな
く効果をあらわす毒物だった。臆病者だ」

わたしは反論したかったが、やめた。

犯人が臆病者のはずはない。イモルグラディンで敵を殺したのは、相手を犯罪者だと
考え、罪を償わせるために罰をあたえようとしたからだ。

狂気におちいっている。

ネサ・クルドとまったく同じに。

だが、正直に口にしてはならない。もはや銀河系に自由はないのだから……

「毒を使って自殺したのですね？」

シャン＝テルコンズルに毒矢を当てたのち、みずからの毒カプセルを噛
み砕いた。

6　シド・アヴァリトの報告

清掃用具室は自家用グライダーの格納庫ほどのひろさだった。半分は大中規模のホテルでよく見られるロボット操縦マシンで埋まっている。各部屋の清掃や管理をしたり、空調装置やあらゆる配管の修理をしたり、害獣や害虫を見つけて除去したりするマシンだ。

四名のシャンはわたしをそこへ押しこんだ。

わたしは茫然として、どうすべきか決められなかった。

むろん、戦うこともできただろう。GOIの訓練所でダゴルや対シャン・トレーニングを受けている。優秀なシャンが相手でも、一名なら対等に戦えるはずだ。いや、まさっているかもしれない。だが、四名が相手では、はじめから負けが決まっている。

そのうえ、技をくりだせば虫も殺さない観光客のふりはできなくなる。わたしが潜在能力者だというシャンの疑念に実質的な裏づけをあたえてしまうだろう。それだけは避けたい。

ならば、降参してすべてを認めるべきか？　ＧＯＩに所属していることや、ミッションには触れずに？　ＧＯＩとなんの関係もない潜在的ミュータントは何千といる。かれらもＧＯＩのパラテンサーと同じく、にせのパラ露とほんものを見わけられるだろう。

わたしは心を決めた。シャンが尋問の準備をはじめ、わたしをかこんであちこちを小突いたときに。論理的に考えればきわめてかんたんだった。とにかく戦ってはならない。虫も殺さない観光客が戦おうとするはずはない。もし戦って数秒でももちこたえたら、ＧＯＩかほかの抵抗運動のメンバーだとシャンに気づかれるだろう。

さらに、ウパニシャド学校にこれほど近ければ、だれもが考えるはずだ。抵抗運動のメンバーがウパニシャド学校チョモランマに関係するなにかをするつもりだと。ならば単身ではあるまい。当然の帰結として、ウパニシャド学校は警報態勢下におかれ……わたしの仲間が敷地に入るチャンスはほぼなくなる。確実に捕らえるためにわざと入らせるなら、話はべつだが。

わたしは胃にこぶしを食らって両手をあげた。虫も殺さない観光客を降参させるには充分な一撃である。

ただ、わたしは忘れていた。思考力が百倍鋭いシャンなら、絶対に忘れないことを。わたしはあのスパイを目だたずにあっさりかたづけた。つまり、わたしが虫も殺さない者であるはずはない。

そこで、シャンたちはそれなりの行動に出た。

かれらは本格的にやりはじめた。その言葉から、わたしがなんの抵抗もできなくなったと確信するまでやめない気でいるとわかる。

まちがいなくかれらはやりとげるだろう。そこでわたしも行動に出た。民間のダゴル教室に通ったことのある観光客がするであろうやり方で。

わたしはキックとパンチをいくつかくりだした。シャンを倒せるほどではないにせよ、冷や汗をかかせるくらいに。

そのせいでシャンたちは興奮して、これまでとはちがい、かれらの真の能力の一部以上を見せつけた。全力のすくなくとも半分のパンチを、わたしはいくつか食らった。きびしいトレーニングを積んでいなければ、仮死状態になっていたはずだ。

わたしは仮死状態になったふりをしようとした。

だが、その必要はなかった。そのとき、想像もつかないことが起きたのだ。

清掃用具室のロボット操縦マシンがポジトロン機構とメカニック機構をにわかに作動させた。むきだしのアーム、殺虫スプレー、床のポリッシャー、猛然と作動する岩石金属ドリル、金属切削機、さらにそのほかの〝武器〟がシャンたちに襲いかかった。

敵は身を守るべく、いきなり大わらわになった。ロボット装置はわたしには見向きもしない。

数秒間、わたしは驚きのあまり身動きもできなかった。だが、やがて理解する。シャンたちから、つまり拷問じみた尋問から逃れるチャンスが転がりこんだことを。わたしは走りだそうとした。ホテルから脱出して、外でマカルー山に行く手段を見つけるために。

だが、寸前に気づく。それは致命的なまちがいだと。もし逃げれば、ウパニシャド学校で大警報が出されるだろう。パニシュやその部下のシャンの指揮のもと、何千名ものシャドがロボットも動員してウパニシャド学校の敷地やその周辺を徹底的に調べるはずだ。探知装置は仲間たちのことも見のがさないだろう。地下洞窟にかくれていても。

そこでわたしはドアまでよろめいていき、くずおれた。

まもなく、つかまれて、引きずられていく。

外の通廊でわたしは〝われにかえった〟。四名のシャンの息はロボット装置との格闘前よりいくらか速まっている。だが、これといって負傷はしていないようだ。ロボットが追ってこないとわかると、シャンたちは立ちどまった。一名がわたしを壁によりかからせる。わたしはなすすべもなくよろめいた。

「名前は？」べつのシャンがたずねる。

「シド・アヴァリトだ」わたしは答えた。一本調子で力のない声で。「降参する」

「われわれもそうするよう、もとめるつもりだった」と、シャンが応じる。「それではきみの部屋まで案内してもらおう。われわれの諜報員をどうしたのかわかりしだい、きみのすべてを知るまで処置を続行する。行け！」

シャンはわたしを壁から引きはなし、前へ突きとばした。わたしは棒のように倒れた。自分が演じると決めた役柄にふさわしく。

シャン二名がわたしを乱暴に立ちあがらせた。

「部屋番号をいえ！」一名がわたしの耳のそばで命じる。

わたしは番号を告げた。

シャン二名にはさまれて、自分の部屋まで引きずられた。一名がわたしのポケットからコード・インパルス発信機をとりだし、解錠インパルスを発する。

ドアがスライドして開くと、わたしは思わず息をのんだ。わたしはあのスパイを、浴室とつくりつけの棚のあいだの小部屋に放置していた。シャンたちから潜在能力者の疑いをかけられるなどと、前もってわかるはずがあるだろうか！

「あいつをどこにかくした？」シャンがたずねる。

わたしはその問いの意味をすぐには理解できなかった。われわれはすでに小部屋にいるし、すくなくとも一名のシャンはスパイを見つけたはずだ。

「棚のなかにはいない」と、べつのシャンの声がした。

「浴室にもいないぞ」もう一名がつけくわえる。

そこでようやくわたしにもわかった。スパイはもういないのだ。十時間は完全に動けなくできるダゴル・グリップは正確に入っていたはずだと思い、ますます混乱した。あの男が、立ちあがって出ていけるはずはない。

しかし、ホテルのスタッフのだれかが部屋に入ってスパイを見つけていれば、ホテルの調査官がアシスタントとともに動きはじめているはず……〝白い寺院〟に調査官がいなければ、ホテルの支配人が。とはいえ、その場合にはこの部屋が無人のはずはない。だがそれなら、スパイはまだここに寝ているはずではないか！　と、わたしは考えた。ホテルのスタッフは、スパイには触れずに、救急車を呼ぶか当局に通報するのがせいぜいのところだろう。

二名のシャンがわたしを部屋に引きずりこんだ。のこる二名がひろいベッドの下や、窓のカーテンの裏や、バルコニーを調べている。

「諜報員は見つからない」と、一シャンがきびしい顔でいう。「どこへ連れていったのだ、シド・アヴァリト？」

「地下室へ」わたしはすっかり混乱していた。自分がなにを話しているのか、ほとんどわからない。

「死んだのか？」べつのシャンがたずねる。

「そうだ」わたしは力のない声でいった。

またしてもわたしは二名のシャンにはさまれた。前より乱暴につかまれ、痛みにうめく。

「やめろ！」と、べつのシャンが、わたしを〝好意的に〟あつかった者をどなりつけた。「必要以上に目だつことは避けるべきだ！」

その後、ほんのわずかにシャンたちの手がゆるんだ。

わたしはリフトまで引きずられた。下に向かい、まもなく地下階に着く。絶望しながらくよくよと考えていた。ここにもスパイがいないとわかったら、シャンになんといえばいい？　そうなってからでは純然たる事実でも信じてもらえないだろう。

その時は思ったより早くやってきた。

「ここにもいないぞ」一シャンが不穏にわたしに伝えた。

「その下ですよ」わたしはろれつのまわらない舌でいった。だれかに耳打ちされたことをそのまま口にしているような気分で。「秘密のドアが、その奥に」わたしはワインボトルの棚をさししめした。メチルアルコールは混ぜられていないと保証するラベルがついている。

数秒もしないうちに二名のシャンがかくされた開閉メカニズムを見つけ、ワインの棚を押して滑らせた。わたしはそのとき、自分にはまだ責任能力があるのかと自問していた。

なぜあのようなことがいえた？　事実どおりだが、まったく知らなかったことを？

「ほんとうに秘密のドアだ」と、一シャンがいう。「それに、なんていうドアだ！　厚さ半メートルの分子強化メタルプラスティック製で、マヴェリック・ケープで表面が保護されている。この奥には闇商品がかくされているにちがいない」

わたしもそのような気がしていた。いや、それ以上だ。だが、まだ考えがまとまらず、ぼんやりした予感でしかない。

四名のシャン全員が、開いた秘密のドアをわたしといっしょに通ったとき、わたしはさらに驚いた。わたしがかれらの立場なら、二名がドアの外にのこり、べつの二名が奥の部屋に入るべきだと主張しただろう。このようなドアの奥にあるのは、ごくふつうの闇商品以上のものにきまっている。ならば、部外者対策の保安処置がとられているだろう。ドアだけにまかせるわけにはいかないはずだ。

「だれかがおろかなことをしようとしたら、きみの命はわれわれの手中にあると教えてやれ」と、シャンの一名がわたしにいった。

それでわかった。シャンたちは、わたしが利用価値の高い人質で、〝帰りの切符〟を確保できるから安全だと信じている。無理もない。秘密のドアを教えたという理由で、わたしを事情通だと思いこんだのだ。

いや、トップクラスの事情通だと考えているかもしれない。そうでなければ秘密のドアや、地下室の奥の部屋を知るはずはないのだから。

だが、わたしは断じてそうではなかった。事情通ではなく、秘密を守る番人に圧力をかけられるはずもない。

だが、ならばなぜ、わたしは事情を知っている？

違う！　わたしはそう叫びたかった。わたしは人質にはなれない！　だれもわたしの命など気にするものか！　引きかえすんだ！

しかし、わたしはひと言も話せなかった。舌が麻痺したかのように。

次の瞬間、みじかい間隔で四回、鋭い鞭《むち》打つような音が聞こえた。

わたしをあいだにはさんでいたシャン二名が魔法のように消えた。

よろめいて、わたしはなにかを見わけようとした。だが、にわかに謎めいた黒い影が地下室にわきたち、視界をふさぐ。

わたしは恐怖に襲われて、

「出してくれ！」と、叫んだ。「わたしはシャンではない！　この秘密の地下室について話せることはなにもない。ここになにがかくれているのか、知りたくもない」

「絶対に知ることもなかろう、シド・アヴァリト」声がとどろく。キチドグ・ロルヴィクの声だという気がした。「この建物での経験はすべて忘れろ！　だが、任務を忘れてはならん！」

突如として、まばゆいエネルギーの洪水がひろい地下室の奥でひらめいた。その輝きのなかに四名のシャンが見えたような気がした。かれらはアーチ形転送機に押しこまれたようだ。とにかく、自分の力で動いたのではない。その前に麻痺ビームで無力化されたのかもしれない。

あのスパイもシャンたちの前に同じ道をたどったのだろう……わたしが知ることのない目的地へと。

次の瞬間、どうやら、わたしは古い納屋の前に立っているようだった。納屋には四輪駆動のオフロード車があり、それでマカルー山に向かうとわかっている。

ただ奇妙なのは、ムチラ・ローランドレの隣りで夕食を食べたかどうか思いだせないことだ。どうやってここまできたのかもわからない。

しかし、染まりゆく空と薄れゆく星々を見て、出発しなければならないとわかった。わたしのタイムスケジュールを危険にさらしたくなければ。

目前に迫った任務のために興奮して、ブラックアウトが起きたのだろう。そういうことはたくさんの者に起きたといわれているし、ごく自然なことだ。

わたしは長考をやめた。納屋の戸を開け、オフロード車に乗りこむ。強力なエレクトロン・モーターを作動させて走りだした。

やがて気がついた。トレッキング・シューズではなく底の薄い光沢のある革の短靴をはいていることに。ディナーのためにめかしこんだ靴だ。そのうえ、着ているのはメタリックブルーのイブニングスーツだった。

いまいましいブラックアウトめ！

目的地で歩くはめになれば、わずか数百メートルでも責め苦になろう。薄いジャケットでは凍えてしまう。

だが、引きかえそうにも手遅れだった。引きかえせるはずがないという事実をべつにしても、わたしには答えられない問いを突きつけられるはずだ。

さらに、意識のすみでわかっていた。引きかえしても、途中でまたまわれ右をすることになるのだろう。

なにものも、わたしが生きているうちにふたたび〝白い寺院〟に行こうと思わせることはできない。

わたしはそう感じた。理由はわからないが……

7 ニア・セレグリスの報告

わたしたちは地下庫の備品を確認した。ホーマー・G・アダムスが約束していたものはすべてここにそろっている。

むろん、もっとも重要なのは、それぞれにパラ露のしずく千粒が入った五個のパラトロン保護容器だ。だが、四台の黒い巨大ロボット、ティピも重要だった。その外被は特殊塗装でほぼ完全に反射がおさえられている。そのために、背景が黒いとほとんど見えなかった。

五台のポータブル・ストリクターは必要ない気がした。とはいえ、プシオン力とかかわることになれば違ってくる。その場合にはこの装置がおおいに貢献するだろう。その点は信用できた。

これに対して、スイッチ・ニードル銃、つまりスイッチャーは必要なはずだ。この銃は新開発だが、プロトタイプのころから迅速確実な操作の訓練は受けていた。

外見は通常のインパルス銃に似ている。だが、戦闘を主眼としたものではなく、多目的装置だった。完全に平和的な目的にも使える。

この銃には二種類のエネルギー弾倉があり、高速サーボ切替スイッチで使用者がどちらかを選択できる。片方の弾倉は作業エネルギーを供給する。スイッチャーの転換フィールド銃口の向きを変えて、高重合メタルプラスティックを溶接したり切断したりできる。さらに、岩塊のような障害物や、壁や動かなくなったハッチなどの粉砕も可能だ。

もう片方の弾倉にはきわめて強力な高エネルギーが充塡されている。転換フィールド銃口の向きによって、パラライザーにも分子破壊銃にも五次元フィールド・パルセーターにもなる。わたしはこの弾倉を使わずにすむよう願っていた。だが、同時にわかってもいる。その希望は幻想だと。神聖寺院作戦ではすべてを投入することになるだろう。とくに、こちらの全戦闘力を。

わたしは自分のコンビ銃をスイッチャーととりかえた。目をあげると、ジュリアン・ティフラーがこちらを見ている。わたしにとってかれの目は心の鏡だ。インフォのデータを読むかのように、ティフの心の動きがわかる。

かれはまたしても自責の念に駆られているようだ。あのころ、首席テラナーだったときに、環境と故郷を愛する心に反して、エベレスト山頂のウパニシャド学校チョモランマ建設を許可してしまったから。

あれから十六年半が経過している。それでもわたしのティフは、人生の最後まで自分を責めるしかないと思っているのだろう。

〝人生の最後まで〟と考えたとき、わたしのなかのなにかが引きつった。また思いだしたのだ。ティフは細胞活性装置があるから老化しないが、わたしは仮借なく生物学上の法則に屈してしまうと。

気がつくと、指で自分の顔をなでていた。ティフと出会ってからの十六年半で、どれほど年をとったかを感じとるために。

次の瞬間、わたしは気をとりなおした。

このようなことを考えている場合ではない……神聖寺院作戦のような高リスク任務の最中だ。現実の問題に完全に集中し、克服してこそ成功する。

コンビ・アームバンドの時刻表示に目をやって、貴重な数秒間をむだにしたと気がついた。

「もう行かなければ」と、わたしはティフに声をかけた。「タイムスケジュールによれば、エルサンドとシドはマカルー山南側の麓に着いているはずよ。ふたりは地下洞窟の正確な位置を知らないから、ここへくるにはわたしたちの手助けがいるわ」

「そのとおりだ」ティフは同意して、スイッチャーをベルトのホルスターに入れた。顔の輪郭がふだんよりシャープになっている気がする。危険な作戦におもむくときにはいつもそうだ。達成すべき任務しだいでこうも変われるとは、奇蹟のようだと思う。でも、これはウパニシャド教育の成果ではない。ずっと前からそうだった。十六年半か十七年前、わたしはそうと認めようとしなかったが。あのころは法典ガスのせいで別人のようになっていたから。

わたしたちは地下庫の内壁に向かった。さしあたり四台のティピは置いていく。まだ必要ない。

ホーマー・G・アダムスの専門家はみごとに仕事をこなしていた。この地下庫は直径二十メートルほどのカプセルで、探知されない素材からなり、自然にできた洞窟のなかに置かれていた。蒸着された岩石で視覚的にも守られている。

カムフラージュされたハッチを通って地下庫のカプセルの外に出ると、周囲を見るためにやむをえずヘルメット投光器を点灯した。マカルー山の南斜面までは四十メートルほどの曲がりくねった洞窟の道を行かなければならない。

外に出る開口部の直前で投光器を消した。わたしたちの存在を洩らさないように。ここに洞窟があるとわざわざ知らせることはない。ここはかんたんには見つからない。出入口は細い亀裂にすぎないし、半分は古い氷堆石《ひょうたいせき》の岩壁のかけらで、もう半分は密な茨の藪でおおわれている。

茨を押しわけて外に出ると、もう夜になっていた。冷たい風が吹きつけ、ふたりともすぐにセランを頸まで閉じる。空は晴れていた。無数の星々がまたたき、そばの谷底からゆうに三百メートル上方の斜面にあるターコイズ色のちいさな氷河湖が星々の光を反射させている。

藪の外でティフとわたしは砂利の上にすわった。エレクトロン光学システムをそなえたナイトスコープを装着し、エルサンドとシドがくるはずのアルン谷をくまなく見わたす。


しばらく探したが、二名は発見できなかった。ときおりウパニシャド学校の敷地外も巡回するパトロール隊に捕らえられたのではないかと心配になる。そのとき、ティフがかれらを見つけ、腕を伸ばしてその方角をわたしに知らせた。

わたしもまもなくかれらの姿を認めた。ナイトスコープの赤外線カメラと増強エレクトロンのおかげだ。日中に太陽光の熱を蓄えた岩石の熱放射にすこしかき消されていたが、二名の輪郭を見わけるには充分だった。

「おかしいわ！」と、わたしは思わずいった。一名がメタリックブルーの薄いスーツを着ていることに気がついて、「ありえない。ふたりとも登山の装備でくるはずなのに。エルサンドやシドではないのかもしれない。あるいは……」

「いや、あの二名だよ」ティフが断言する。「シドがイブニングスーツを着ている。靴も軽装のようだ。足もとはよく見えないが、歩くのに苦労している。そのうえあの薄い上着ではさぞ寒い思いをしているだろう」

「なぜそんなばかなことを？」わたしはたずねて、シドのななめ前にいる者をよく観察した。エルサンドにちがいない。綿入りのズボンと上着を着ている。太りぎみの体格をきわだたせる服装だ。

「悪ふざけではないな」と、ティフが心配そうに、「なにか失敗をしたのでなければいいが。立ちどまったぞ。シドはもう歩けないのだろう。助けなければ。シドとエルサンドのセランを地下庫からとってくるから、そのあいだきみは周囲を見張っていてくれ、ニア！　上を通りかかるグライダーにはとくに気をつけること！」

「そうするわ」わたしは応じた。「でも、ふたりのもとに行ってみようと思う。できるだけ早く、見捨てられていないと伝えなければ。さもないと、大声を出そうとするかもしれない」

「それは避けたいところだな」と、ティフ。「わかったよ、ニア」

ティフが藪に姿を消すと、わたしは斜面をおりはじめた。とくにむずかしくはないが、きわめて慎重に行かなければならない。思いがけず岩が崩れて足をくじいたり、骨を折ったりしないように。ときどき立ちどまってナイトスコープで周囲を確認したが、疑わしいものは見あたらない。

十五分ほどでティフが追いついた。斜面がきつい右からあらわれて、むずかしいコースを選んだことに驚いたが、やがて理由がわかった。

わたしのまうしろを通れば、蹴落とした石がわたしに当たるかもしれない。ティフらしいことだ。いつもそのような配慮をする。わたしがエルサンドとシドのもとへひとりで行くといいだしたときから、そうしようと考えていたのだろう。わたしをとめることなく、むずかしいルートを選んできた。これもティフらしいことだった。かれはすばらしい人で、考えられるうちで最高のパートナーだ。

とにかく、数十年のあいだは。

そのあと、わたしは姿を消すだろう。そう決めている。あまりにも年をとって、かれの重荷にはなりたくない。

またしても気がそれていた。現実の問題に集中するかわりに。すぐにそのむくいを受けることになった。運悪くつるつるした石を踏んでしまい、ティフがつかんでくれなかったら足を滑らせて落ちるところだった。

わたしは謝ろうとしたが、ティフはひとさし指を口に当てて下をさししめした。

そこでわたしは目にした。エルサンドとシドまでは百メートルほどしかはなれていないこと、そして、ふたりもわたしたちを発見したことを。

＊

シド・アヴァリトの軽装の靴、つまり光沢のある革靴はすっかり裂けていた。同じように裂けた薄い靴下は血だらけだった。鋭い岩のへりで足が切れている。

わたしはシドの靴下の残骸を脱がせて、傷に治療プラズマをスプレーした。

シドは安堵のため息をつき、

「なぜこんなばかなことをしたのか、自分でもわかりません」と、寒さに震える声でいった。ティフの手を借りてジャケットを脱ぎ、セランを着用しながら、「ブラックホール級のブラックアウトでしたよ。こんなことははじめてだ。直前までディナーを食べていたのに……気がつくと納屋の前に立っていて、そのなかにオフロード車があった」

シドは額にしわをよせ、考えこんで星を見あげた。

「いえ、ディナーには行かなかったと思います。闇市にいたような気がする。だれかがパラ露を買わないかと持ちかけてきたような」と、自信がなさそうに笑った。「もちろん、ありえません。わかっています。わたしは心理的に健康で、出撃できますよね、ティフ？」

「念のために、きみを地下庫にのこしていくこともできるが」ティフは暗い顔で応じた。

その表情から、なにを考えているかわかる。

ティフは、ありえないことではないと考えている。シドが観光旅行のあいだにウパニシャド学校チョモランマの者から正体を見破られ、一時的に連れ去られた可能性があると。薬で尋問され、心理操作を受けて、生きた時限爆弾になっているかもしれない。神聖寺院作戦のある時点で点火され、すべてを水の泡にしかねない時限爆弾に。

「念のために？」シドはくりかえし、かぶりを振った。「いいえ、出撃できないとはっきりいわれないかぎり、いっしょに行きますよ、ティフ」

ティフはためらった。

「いや、きみは出撃できるだろう、シド。われわれはまだウパニシャド学校のフィールド・バリアのそばにさえ行っていない。それまできみは自分のぐあいをよくたしかめて、決めるといい」

「もしかしたら、山の精をひと口飲むといいかもしれないわ」エルサンドがいって、シドにひらたい携帯ボトルをさしだした。「わたしにもすごく効いたから」

シドは手を伸ばそうとしたが、ティフのほうが早かった。すぐにエルサンドの手から携帯ボトルを奪う。栓を開け、中身のにおいをかいだ。じつに疑わしい顔をしていたが、すぐに表情をやわらげて、

「これはほんとうにただの薬草酒のようだ。どこで手に入れた、エルサンド？」

「ヴォントロ・ゴシュダンという名前のテラナーからです」女アンティは気が進まないようすで返事をした。「その人から、ロンシャーという町でこのボトルをもらいました。心配はいりませんよ、ティフ。山の精はほんとうに効くんです。カピラヴァストゥという町の上のほうにあるシシュタ・ガルファドという古い僧院でつくられたそうで」

「カピラヴァストゥ！」ティフがいつになくはげしい口調で、「その町の付近にダライモク・ロルヴィクが参拝していた寺院があるはずだ。それは、カピラヴァストゥの〝白い寺院〟と呼ばれていた」

「白い、寺院！」シド・アヴァリトは興奮してつかえながら、「豪華なディナーの席がもうけられたホテルも同じ名前でした。われわれ、経営者のキチドグ・ロルヴィクに出迎えられたんです」

「ロルヴィク！」ティフが驚いて即座に口をはさんだ。「その名前を聞くといやな予感がする。あの半サイノスには前からよくわからないところがあった。どこにいるのかはっきりしていたころから。所在不明になったいまは、もっとわからない」

「ダライモク・ロルヴィクはこのあたりの出身なのでしょう」わたしはおちつかせようとして、「だから、いまも同じ名前の人が大勢ここで暮らしていても不思議ではないわ。遠い親戚や、マルティミュータントがひそかにのこした子供の子孫などがね。かれは任務のないときには、ヒマラヤ山脈やチベットで休暇をすごしていたというわ」

ティフは大きく息を吸って、強くいった。

「そのとおりだね、ニア。この話はここまでにしよう！　急がなければ。地下庫にほかの装備もある。転送機ロボットもあそこだ。一時間後には出発しなければならない。シド、どうだ？　その切れた足でも登山はできそうか？」

「もちろんです」と、アンティが答える。「もう痛くありませんから……あばらのほかには。オフロード車で走っているあいだに、思ったよりひどくぶつけたんでしょう。いままで気がつかなかったのは奇妙なことですが」

「ほんとうにおかしな話だな」と、ティフ。

「でも、当然かもしれません」エルサンドが断固としていった。すでに全員で登坂をはじめている。「べつの話をさせてください。報告の義務があると思うので。わたしはパラ露に依存するようになったようで、長いあいだ使わないと感覚がぼんやりしてくるんです。山の精を飲んでいなかったら、そもそもここにこられたかどうかわかりません。ところで、あの携帯ボトルをまだ持っていますよね、ティフ。それを自分でためしてみるか、シドにわたしてみてはどうでしょう。あたたまれるように」

ティフは小声で笑って携帯ボトルをシドにわたすと、

「聞いたことがある。長いあいだパラ露を使っていると、心理的依存のようなことが起こる可能性はあるそうだ、エルサンド。だが、しばらくは……とにかくこの作戦のあいだは……禁断症状の心配をせずにパラ露を手にしていられる。ただ、奇妙だな。よりによってこの重大なときに、何者かがきみの前にあらわれて、初対面にもかかわらず、パラ露以外のものではとりのぞけない禁断症状を消せる唯一の手段を提供するとは」

「あれはほんとうに偶然でした」と、エルサンドが応じる。「ヴォントロ・ゴシュダンがあらわれて……まもなく、テラナーのいいまわしでいえば、雲散霧消したんです。でも、そのどこが奇妙なんですか？」

「忘れてくれ」と、ティフ。

「わかりました」エルサンドが返事をする。

でも、わたしにはわかっていた。エルサンドは忘れないだろうと。きっとティフも。ティフは確信のないことは口にしない。この話は一時的に保留にしただけだ。まだ事情はわからないうえ……べつの、もっと重要な問題が目の前にある。

そのあいだにシドは携帯ボトルの中身をすこし口にしていた。薬草酒を口のなかで転がし、ボトルの栓をしてエルサンドに返す。ごくりと飲んで、

「これは！」小声で賞讃して、考えこみながらつけくわえた。「ほんとうに頭がすっきりする。驚いたな！　出発する前に、キチドグ・ロルヴィクがなにかを話していた。どこで、なにをいったのか、それがわかりさえすれば。あのホテルはほんものの幽霊屋敷だったんだと思います」

「それだけならいいがね！」ティフが皮肉をこめて、「くれぐれも気をつけろ、ツーリスト諸君！　葉をちぎったり枝を折ったりせずに、茨の藪を通りぬけてくれ！」

ティフは話しながら早くも藪をかきわけていった。シドとエルサンドがそのあとにつづくのを待ち、わたしも入っていく。前のどこかでシドが小声で悪態をついた。

ようやく地下庫に着くと、ティフがのこりの装備を配った。ティピの特殊機能を説明して、最後に神聖寺院作戦のプラン全体をまとめる。

「この転送機ロボットが鍵を握っている」と、ティフ。「いずれも強力なストリクターを内蔵している。ウパニシャド学校チョモランマのバリア・フィールドがプシオン性コンポーネントからなることはよく知られている。ティピはストリクターを使い、そのバリア・フィールドに潜在的構造亀裂をつくり、その構造亀裂は転送機の断裂流によってはじめてあけられる。

ロボット自身はみずからを転送して構造亀裂を通過し、ウパニシャド学校の奥へ侵入してかくれ場を探し、そこで自分の転送機の前で待つ。ティピ一号の受け入れ可能転送チェック・インパルスを確認したのち、ティピ二号がわれわれを順に一号へ送りだす。一名ずつだ。通常、ティピは一度に二名、重装備とともに送出できる。だが、今回は無理だ。構造亀裂をあけるほうに転送エネルギーをさく必要があるから。四台を使い、マカルー山の麓ののこる三台のティピも一号と同じ方法でついてくる。あらゆる防衛処置に注意して作戦を進める」

「すみません、ティフ！」シドが口をはさんだ。「神聖寺院は山の南斜面にあるそうですよ。ここ、われわれの真上のはずだ」

「神聖寺院!」ティフがにっこりしてくりかえした。「そうだ。テラのパニシュャやシャンはソトムを、つまりソトのドームをそう呼んでいる。だからこの作戦名もそうなっている」それから真剣な顔をして、「きみのいうとおりだ、シド。ソトムはマカルー山の南斜面にあるそうだ。だが、南斜面はわれわれのようなアマチュア登山家にはけわしすぎる。反重力装置は探知される危険があり、使えない。そこで、北側を登るシャドが細い道をつくったところだ」

「ふたりとも、神聖寺院はマカルー山の南斜面にある〝そうだ〟といういい方をしてますけど、ティフ」と、エルサンド。「正確には知らないんですか?」

「そのとおりだ」ティフはすぐに認めた。「ウパニシャド学校の敷地の施設や状況について、われわれは多くのことを知っているが、すべてではない。ニアとわたしが目にしたことは忘れたほうがいいようだ。あのころのウパニシャド学校はエベレスト山頂にかぎられていたが、いまや癌細胞のように事実上ヒマラヤ山脈全体にひろがっている。われわれの情報はおもに、抗法典分子血清で教えから解放された、かつての法典忠誠隊員から最近になって伝えられたものだ。

とはいえ、かれらのなかにもソトムへ足を踏み入れた者はいない。それに、百パーセントの確信をもってスティギアンの司令本部がほんとうに南斜面にあると断言できる者もいない。マカルー山の中腹にはあるようだ。多くの者がそう話している。だが、われわれは自分たちで確認しなければならない。同じく、ソトムが部外者からどのように守られているのか、また、銀河イーストサイドに対するスティギアンの大規模行動のプランが保存されたシントロニクスからどうやって情報を引きだすのか、それも調べる必要がある」

「なんのためにティンタを先に派遣したんですか？」エルサンドが口をはさむ。「いまごろ彼女はウパニシャド学校にいるはずです。ティンタの脳波パターンが見つからないということは、プシオン性コンポーネントをふくむバリア・フィールドのなかにいるのでしょう」

わたしはエルサンドに目を向けた。女アンティはすでにパラトロン保護容器を開けて、任務のためにパラ露をひと粒、手にしている。しずくは昇華したかのように縮んでいた。パラ露から彼女に移行するプシオン・エネルギーで潜在的テレパシー能力が活性化し、使えるようになったのだ。パラ露を過剰に使えば暗示能力者にもなれる。だが、危険をおかすのは緊急時だけだ。一線をこえる行為には、精神が消尽する危険がつきまとう。

「ティンタはわたしたちの支援をするの。迅速に、できるかぎりね」と、わたしはいった。「作戦の実行後、わたしたちがウパニシャド学校から脱出するときに、彼女が潜在的特殊テンポラル知覚能力でサポートする。ソトムで警報が発せられ、撤退中に攻撃される恐れがあるから」

「そのとおりだ」と、ティフがわたしの説明に同意して、「だから、ティンタは早すぎる段階では動けないし、正体もかくさなければならない。ところで、ウパニシャド学校からの脱出には侵入時と同じ方法を使う。つまり、ティピを」

ティフは時刻表示に目をやった。立ちあがり、

「出発だ！　作戦に参加できないと感じている者はいるか？」と、とくにエルサンドとシドを見ながら告げる。

申しでる者はだれもいない。ティフはティピのコード発信機を作動させた。全員で出口に向かう。ティフを先頭に……四台の転送機ロボットがあとにつづいた。

8　ティンタ・ラエの報告

「これがノイシュヴァンシュタイン城なんですね！」スペース＝ジェットが雲の厚い層を突きぬけたとき、わたしは思わず叫んだ。明るい昼光のなか、ウパニシャド学校チョモランマで最初に建てられた華奢《きやしや》な印象の建物が、エベレスト山のたいらにならされた山頂に建っていた。

次の瞬間、考えなしに声をあげたと後悔した。〝ノイシュヴァンシュタイン城〟とは、われわれ部外者が皮肉をこめてこの建物につけた名称だった。パニシュは侮辱と感じるかもしれない。

だが、ネサ・クルドは笑っただけだ。

とはいえ、すぐに真剣になり、その呼び名は英雄学校のほかの教師の前では使わないようにと警告した。

「とくに、パニシュ・パニシャのソモドラグ・ヤグ・ヴェダとオタルヴァル・リス・ブランは過剰に反応するのでね」と、いいそえる。「かれらにとってウパニシャド学校チヨモランマの最初の建物は至聖所に近い。おまけにテラナーではないしな。わたしはあそこで生まれたのだが」

「ノイシュヴァンシュタイン城でですか？」わたしはたずねた。「オリジナルの？」

「あの城のなかで、というわけではない。だが、ほぼあそこだ。つまり、城からほんの七百キロメートルほど北にいったところ。七百キロメートルがなんだというのだ！」

わたしはうなずいた。

もちろん、七百キロメートルなど、七百光年をわずかだと思う者にとっては無に等しいだろう。それでも、クルドは自分の生まれた場所からオリジナルのノイシュヴァンシュタイン城を見ることはできない。だが、それはどうでもいいことだ。

わたしはエルサンド・グレルのことを集中して考えた。エルサンドやほかのパラチームのメンバーがすでにウパニシャド学校の敷地に入っているなら、彼女がわたしの脳波パターンをかんたんに見つけられるように。残念ながらわたしは受け身でいるしかない。わたしはテレパスではなく、特殊テンポラル知覚能力しか使えず……しかも、パラ露で潜在能力が刺激されたときにかぎられている。

ネサ・クルドはスペース＝ジェットをウパニシャド学校からの遠隔操縦に切り替えた。この円盤艇も、永遠の戦士やその手下が当然のように無料で手に入れた多くのテラ製品のひとつにすぎない。スペース＝ジェットは閉じた雲の屋根の上を吹く冷たいジェット気流ですこし揺さぶられたあと、華やかな建物の中庭にそっと着陸した。

「降りろ！」と、ネサ・クルドが告げた。「おぼえておくように、シャド候補生ティンタ・ラエ。永遠の戦士の組織には厳格なヒエラルキーがある。ほかのシャド候補生だけは市民名で呼んでもかまわないが、目上の者には絶対にだめだ。上役には称号で話しかけること。明確な許可を得た場合にかぎり、称号のあとに名前をつける」

「おぼえておきます、パニシュ」わたしは応じた。

「わたしはパニシュ＝ネサ・クルドでいい」クルドはいかがなものかという顔で、わたしの私服である旅行用コンビネーションをしげしげと見て、「残念だ、きみがまだシャント・コンビネーションを持っていないのは。あれがあれば、シャン＝テルコンズルの死したからだに最後の名誉をしめせただろう。だが、ぼろの私服ではシャンの名誉を傷つける。柩《ひつぎ》からはなれておくように。柩とわたしのうしろで門がしまったあとで、きみは門を通るのだ」

「はい、パニシュ＝ネサ・クルド」と、わたしは同意した。

クルドは操縦室から下底エアロックまで垂直につづく反重力シャフトに入った。わたしはそのすぐあとを追った。ウパニシャド学校チョモランマの中庭は完全な無風で、空気は海抜ゼロメートルのように濃く、酸素も豊富だ。建物はエネルギー・バリアのなかにあり、スペース＝ジェットが構造亀裂を通過した。

われわれは円盤艇の下で次の出来ごとを待った。数秒後、十メートルほどはなれたところで貨物用ハッチが開き、反重力プラットフォームが滑りでてくる。上にあるのはメタルプラスティックの赤い柩だ。天面には、エスタルトゥのシンボルが三つと、シャンの称号と、テルコンズルという名前が銀色の文字で刻まれている。

わたしは敬礼しないように自制しなければならなかった。民間人ティンタ・ラエにはふさわしくない。心のなかでシャンに敬礼するにとどめた。部外者がシャンに敬意をしめすのは意外だと思われるかもしれない。だが、第一に、テルコンズルは死んだのだし、第二に、ソトの手下が法典に忠誠を誓っているのは、みずからの責任ではない。あの忠誠心は知らないうちに法典分子で強制されたものだ。

GOIメンバーにとり、それが最大の問題だった。ネガティヴ組織との戦いでは、われわれは永遠の戦士の手下とくりかえし戦わざるをえない。永遠の戦士の側にいるかれらが根本的に悪いわけではないとわかっているというのに。

それでも、武力衝突をすべて避けることはできない。GOIの戦いは、銀河系諸種族が心身全般にわたる暴力から身を守るための正当防衛だ。

だが、結局は時間かせぎにすぎなかった。スティギアンはしつこい。銀河系文明を分裂させ、変化させ、戦士崇拝の利益になるまったく新しいものにつくりかえることを、絶対にやめないだろう。そうして失われたものすべてを、力の集合体エスタルトゥから導入された新しい勢力とおきかえるのだ。

戦士崇拝の根本になにがあり、発生の原因はなにか、すぐに解明して戦いを開始することができなければ、われわれは敗北するだろう。

ネサ・クルドが柩の横でハッチを通って主棟に姿を消したとき、わたしはこの考えに沈んでいた。だが、いまは戦略を練るときではない。わたしには明確な任務があり、その遂行に集中しなければならない。

わたしも歩きだし、ハッチを通過した。すぐにつづくエントランスホールには、人間ほどの背丈で、暗赤褐色のキチン質のからだをした、トカゲ頭で裸の二名の生物が立っていた。先代ソトのストーカーや現在のソトであるスティギアンにそっくりだ。ただ、小柄でほっそりしている。

とはいえ、無害ではない。逆だ。かれらは戦士崇拝のヒエラルキーの上位にいて、われわれの敵だった……スティギアンとまったく同じに。

かれらを見て、わたしは奇妙な気分になった。最初は嫌悪をおぼえかけたが、その感情をおさえる。知性体は外見でなく本質で判断せよという、われわれの基本的な倫理原則を思いだして。

「近くにこい！」その生物の一名がインターコスモでわたしにもとめた。「われわれは、パニシュ・パニシャのソモドラグ・ヤグ・ヴェダと、オタルヴァル・リス・ブランだ」

わたしはしたがった。かれらはいつウパニシャド学校チョモランマの校長になったのかと考えながら。以前、この二名はただのパニシュだった。それがパニシュ・パニシャになったということは、おそらくスティギアンがかれらを師のなかの師にすることで、自分にかぎりない忠誠心を向けさせようとしたのだろう。この二名はスティギアンの就任前、かれの敵であるストーカーにしたがっていたのだ。

二名のうちの一名がとまるよう手で合図した。問答がはじまる。これが終われば、わたしはシャド候補生として英雄学校に入学できるのだろう。

わたしは気が進まなかった。入学するために嘘をつくしかなく、誇りを傷つけられた。だが、任務を遂行したければ、ほかに選択肢はない。

わたしは、任務の遂行を願っていた。

9　ジュリアン・ティフラーの報告

氷まじりの雨は猛烈で、目の前の手も見えないほどだ。ニア・セレグリスやパラチームのほかのメンバーの姿もとらえられない。

むろん、全員がセランの球形ヘルメットを閉じている。だが、開口部から外気をそのままとりいれて呼吸していた。探知される危険があり、温度調整・呼吸装置は動かせなかった。

四台のティピとは、コード発信機でコンタクトを維持している。エネルギー活性は低く到達範囲もせまいため、探知される恐れはほとんどない。

たったいま、ティピ一号がウパニシャド学校の敷地をつつむバリア・フィールドに到達した。だが、携行装置の制御画面でしか確認できない。悪天候のため、光学視認は不可能だった。

わたしはコード発信機に指示を打ちこんだ。〝ストリクター〟を投入し、構造亀裂をプログラミングせよ！〟

受領確認がすぐに返ってきた。実行ずみの報告は十秒後に入る。わたしは安堵の息をついた。これで実質的に第一のハードルはこえた。

〝構造亀裂をあけ、通過せよ！〟と、コード発信機に打ちこむ。

わたしは緊張しながらセランのパッシヴ探知の表示を見た。通常は転送の断裂流をただちに察知して報告するが、表示フィールドは暗いままだ。つまり、ダブルコンポーネント・アブソーバーは想定どおりに作動している。ほぼ当然とはいえ、確認できたのは心強い。

むろん、一号は指示の実行あるいは完了を報告することはできない。バリア・フィールドはどんなインパルスも通さないからだ。ティピの通過後、構造亀裂は閉じている。しばらくは待つしかない。ティピ一号がウパニシャド学校の敷地の奥に侵入し、かくれ場を見つけるまで。

半時間ほどかかるだろう。それ以上は必要あるまい。ティピは機敏で、悪路もすんなりこえられる。

あとは、氷まじりの雨さえ降っていなければ！

わたしはヒーターを投入せずにすむよう、つねに耐圧ヘルメットに生じる氷の層をかきとらなければならなかった。わずかなリスクもおかしてはならない。

しばしののち、右の前腕になにかが触れた。ニアの手だろう。その手を握り、慎重にわたしのヘルメット・ヴァイザーの前に引きよせる。同時に左手でコード発信機を引きよせ、バッテリー駆動の制御画面が発する青白い光のなかで引きよせた手を見た。その手の向こうに、いきなりべつのヘルメットがあらわれた。その奥にニアの面長の顔が見える。いや、見えたような気がした。はっきりとはわからない。

わたしは彼女のヘルメット・ヴァイザーをなでた。彼女の手がわたしの顔の前で動く。われわれは手を握りあい、辛抱強く待った。数分ごとに手をはなしては、ヘルメットの氷の層をぬぐい、かきとる。

半時間がすぎたと思ったころ、コード発信機に指示を打ちこんだ。〝二号、出動せよ！　転送チェック・インパルスを発信！　結果は報告を！〟

そばのどこかでなにかが動いた。ほとんど聞きとれないほどの物音がする。だが、わたしの鋭い感覚で正確に解釈できた。

数秒後、ティピ二号より、一号は受け入れ状態だとコード発信機に報告が入る。わたしは二号に四回の転送の準備を指示。その後、ヘルメット投光器を点灯させた。これもバッテリー式だが、光量が多く、ハイパー走査ビームが命中すれば探知される危険はある。だが、この程度のわずかなリスクは受け入れるしかなかろう。さもなくば二号を見つけられないし、仲間のようすも視認できまい。

数分後、四名全員がティピ二号の前にいた。わたしが最初に進みでる。わたしの背嚢《はいのう》の上には、パラ露のしずくが入ったパラトロン保護容器五個のうち二個が固定されている。パラ露は一キログラムずつしか入っていないが、自立エネルギー・ステーションとパラトロン・フィールド・プロジェクターのために、一個あたり二十キログラム近い重量がある。さらに、マイクロ核爆弾が入った防水袋も。

わたしはニアにコード発信機をわたした。彼女が最後までここにのこり、三台のティピを指揮する。

ティピ二号がアームをひろげ、曲げた。わたしはプロジェクション両極のあいだに立ったかたちになったヘルメット投光器を消す。まだ心配ではあった。潜在的テレキネスのシド・アヴァリトは、ブラックアウトからまだ充分に回復していないかもしれない。さらに、自分でもそうと知らずに敵のために働いている可能性もある。だが、そのリスクは引き受けるしかない。シドをここにのこしていってもあまり変わらないだろう。もしシドが操られているなら、敵はもっと早い時点で攻撃してきたにちがいない。それに、ほかに方法はないのだ。

＊

上位次元エネルギーのアーチがまばゆく輝き、消えると、わたしの前にはティピ一号があった。

氷まじりの雨はやんだ。そのかわりに、山の斜面で強風がうなりをあげている。かくれ場である斜面の深い亀裂の外に出ると、わたしは風に突き倒された。

ヘルメット通信機を最小強度で作動させるよう、仲間にしぐさでしめし、わたしは話しはじめた。

「この強風は何時間もつづくかもしれない。だが、いつまでも待つわけにはいかない。この状況のためにプランを変更する。徒歩で目的地に向かうのではなく、二台のティピを先に派遣し、状況を探らせよう。二台が一定の距離を進み、かんたんには発見されない場所を見つけしだい、われわれの受け入れステーションになってもらう」

「それは、歩いていくより千倍いいですね」シドがコメントした。

「いいアイデアです」と、エルサンド・グレル。「ところで、ティンタを見つけました。まだノイシュヴァンシュタイン城にいて、ここにくる可能性を探っています。でも、むずかしいようです。シャド候補生なので望むようにはできないし、させてもらえないので。ティンタは集中して考えています。一名のパニシュと良好な関係を築いていて、そのパニシュの手を借りて格闘技の試合に参加する許可を得ようと考えています。その試合はいま、カンチェンジュンガ山とマカルー山のあいだにつくられたホログラムの景色のなかでおこなわれているようです。通常、新入りは参加できないのですが、彼女はオクストーン人の特殊体質を理由に特別許可を受けようとしているようです」

「わたしもそうなるよう願うよ」と、わたしはいった。

「でも、どうやってわたしたちに合流するの？」ニアがたずねる。「ティンタはカンチェンジュンガ山とマカルー山のあいだにいなければならないのに、急に姿を消したりすれば敵に疑われるわ」

「ティンタはまだ、その場所には行っていないはずだ」と、わたしは応じた。「彼女が移動する前にわれわれはソトムに着いているだろう。そうなればティピを一台、ほかにまわせる。彼女のもとへ送れるはずだ」

「わかったわ」と、ニア。

「それでは、開始だ！」わたしは宣言した。

ふたたびコード発信機で指示をして、わたしはティピ一号と二号を先に行かせた。大型ロボットはたくみに亀裂の崖をのぼり、地面を踏みしめて去っていく。強風はものともしない。

わたしと仲間は地面にすわって待った。

ときおりロボットにみじかい報告をさせる。すべてがスムーズに進行した。悪路にもかかわらず、二台のティピは順調に進んでいた。強風は有利に働いている。おそらくそのおかげで、マカルー山の斜面にシャドもシャンもパニシュもいないのだ。

十分後に風が弱まった。ティピ二号から報告が入る。非常に高い確率で一グライダーのハイパー走査機に探知されたという。グライダーはカンチェンジュンガ山とマカルー山のあいだの高原から飛びたったそうだ。

〝ただちに一号からはなれろ！〟わたしは緊張しながらコード発信機に指示を打ちこむ。〝陽動作戦だ！　一号は物陰にかくれて待機！〟

わたしは小声で仲間に状況を伝えた。

「パトロール機ね」と、ニアがいう。「ティピをほんとうに見つけていたら、捕まえて破壊するはずよ。すくなくとも動けなくするはずだわ。警報を出せないように」

わたしはうなずき、二名のパラテンサーに声をかけた。

「エルサンド、テレパシーでグライダーの乗員を探り、思考を読め！」わたしは命じた。「ただの見物かパトロールか、知る必要がある。正規のパトロールなら、残念だが排除や無力化はできまい。定期的に現在地を報告しているはずだ。

シドはパラ露を使って、テレキネシス攻撃の用意を。

全員、亀裂の外へ！　ナイトスコープでグライダーをとらえてくれ。さもなくばシドが介入できない」

ニアとわたしは亀裂の崖のへりに身を伸ばし、ティピ二号が最後の報告をしたはずの場所をナイトスコープで探った。そのあいだに下では、シドとエルサンドがパラトロン保護容器を開け、パラトロン・フィールドの構造亀裂ごしにパラ露のしずくをひと粒手中に滑りこませた。こうして二名の潜在能力が活性化される。

「見つけた！」まもなくニアがささやき、グライダーの方角をさししめした。わたしもすぐに見つける。赤外線カメラとエレクトロン増強の相乗効果により、まばゆい日光のなかで前方十メートルにあるかのようにグライダーが見えている。

「パニシュのマークがついたフル装甲戦闘グライダーだ」と、わたしはささやいた。

「正規のパトロールではない。せいぜいパトロール機の監視飛行だろう。あのなかにパニシュがいても、どこにも報告する義務はないはず」

「パニシュです！」エルサンドの声がした。

わたしはこうべをめぐらし、わたしの右にしゃがむ女アンティを見た。その目は大きく見ひらかれ、左手をこぶしに握っている。そこにパラ露のしずくがあるのだ。

わたしは振りかえり、シドを探した。

潜在的テレキネスは岩の上にしゃがんでいた。ナイトスコープを目に当てて、まだグライダーを探している。

わたしはかれのそばに這っていき、標的を見つける手助けをした。

「どうにもなりません」しばしののち、シドがいう。「わたしの力はグライダーを墜落させられるほど強くはないので……それに、視認できないのに乗員になにかをするのも不可能です」

コード発信機が光を点滅させ、ティピ二号がグライダーに確実に探知されたと報告した。ハイパー走査インパルスが何度も当たり、脱出できる見こみはないという。

〝完全に機能を停止させろ！〟わたしは二号に命じた。〝ただちに実行せよ！〟

実行報告が返ってきて、二号は沈黙した。そのあいだに一号は五百メートルほど上に移動している。

「パニシュは疑っています」エルサンドが伝えてきた。「着陸するつもりです」

「望むところだ」と、わたしは応じた。「戦闘エネルギー・ビームは使えない。監視ステーションに探知される。パニシュが二号のすぐそばに行くといいんだが。ロボットがメカニックな力で気絶させられるように」

「パニシュにその気はありません！」エルサンドが叫んだ。「いま結論を出しました。ロボットは停止しているだけだと。でも、念のために破壊すべきと考えていて、その前に着陸するようです」

「シド、準備を！」わたしはいった。「パニシュが見えたらすぐにテレキネシスを投入しろ！」

ナイトスコープで見えた。グライダーが平坦な岩場に着陸。だが、パニシュはわれわれの都合に合わせてロボットを破壊する前に降機したりはしなかった。わたしのパッシヴ探知が五次元性エネルギーの散乱放射を報告する。ついでティピ二号の制御シンボルが消えた。破壊されたか、機能しなくなったのだ。

次の瞬間、グライダーのハッチが開き、人影がひとつ外に出てきた。

「やれ！」わたしはシドに叫んだ。

アンティがうめき声を発した。すると人影が回転し、喉に両手を当ててくずおれる。

「気を失いました」と、シド・アヴァリトが断言する。「どうしますか？」

「肝心なのは、パニシュが警報を出さなかったことだ」わたしは応じた。「むろん、置いていくわけにはいかない。いっしょに連れていくべきだ」

「グライダーはどうしましょう？」エルサンド・グレルがたずねる。

「きみたちが一号で送りだされているあいだに、わたしがいただく！」そう応じて、わたしはニアの手にコード発信機を押しつけた。「心配しなくていい。あのグライダーは認識シグナルを発しているはずだ。監視ステーションは侵入者とはみなさない。あのなかにいるのがいちばん安全だ。きみたちのあとを追うよ。いや、先に行って神聖寺院を探すかもしれない」

「気をつけてね、ティフ！」ニアがいった。

「きみも！」わたしは応じてグライダーへ走りだした。

10　ティンタ・ラエの報告

なにもかもがスムーズにいった。

パニシュ＝ネサ・クルドのとりなしで、わたしはシャド候補生としてウパニシャド学校チョモランマに入学できた。通例の試験を受けずにすんだうえに、パニシュの力で、ホログラム背景のなかでおこなう最初の格闘技の試合で合格すべく、今夜じゅうに移動するシャドのグループに入ることができた。試合会場は、ヒマラヤ山脈にある八千メートル級のふたつの峰、カンチェンジュンガ山とマカルー山のあいだの高原にプロジェクションされている。

出発前、ネサ・クルドがわたしを横に連れていって説明した。わたしが参加できるようになったのは、オクストーン人は条件が違うため、格闘技の試合に参加させれば期待される能力を発揮するにちがいないと、かれが話したからだという。

わたしは期待にこたえると約束した。守れないとわかっていたが。四時間ほど前、目の奥に独特な引きつれを感じた。エルサンド・グレルがわたしの思考内容を〝読んで〟

いたのだ。

つまり、パラチームはすでにウパニシャド学校の敷地に入っている。遅くともあすには仲間のもとへ行かなければならない。可能ならば今夜じゅうに。

大型グライダーにはわたしのほか、十一名のシャドと、テリエ・デ・ロークという名前のパニシュが同乗していた。われわれを格闘技の試合会場に運ぶ大型グライダーは、まわり道をしてマカルー山の西側を旋回した。まるい耐圧窓の外はほとんど見えないが、壁や天井のスクリーンで、澄んだ昼光のもとで飛んでいるかのように周囲を眺めることができた。

わたしはなめらかな氷でおおわれた岩壁を目にした。高さが二千から三千メートルあり、不気味なほど急峻《きゅうしゅん》で、山頂から谷にいたる岩壁はオクストーンの貫通不能バリア山脈のけわしい山なみを思いださせる。ここは技術手段なしでは登ることもおりることもできない。わたしはぞっとした。あれほど登攀《とうはん》がむずかしい岩壁を、仲間たちは飛行装置もなしに登ることになるのでは、と考えて。

かれらのもとへ行かなければ……それも、できるだけ早く。パラ露の助けはいるが、わたしの特殊テンポラル知覚能力があれば、ごく近くの場所の時間経過を速めたり遅めたりできる。それが決定的な役割をはたすかもしれない。パラチームが小道を行くために監視ステーションを通過するときに。

テリエ・デ・ロークが操縦士の隣りの席から立ちあがり、シートの列のあいだを後方にやってきた。わたしの脚の筋肉が無意識に緊張する。

いわゆる逃走準備反応だろう。わたしはそれをおさえつけた。第六感は理由もなく警告を発したりしないとわかっているが。テリエはオクストーン人だ。二十五歳前後で、わたしほど華奢ではない。身長はすくなくとも二メートル、肩幅は百二十センチメートルある。

女オクストーン人の正体を見ぬける者がいるとすれば、それはオクストーン人の女か男だろう。

わたしはきわめて慎重にいかなければと思った。

テリエはわたしのシートの列のそばで立ちどまった。前に大きく伸びた眉の下から、わたしを一秒間じっと見て、隣りのあいた席に腰かける。

「きみはきのうきたばかりだな、シャド候補生？」と、わたしの横のスクリーンに目をやりながらたずねた。

「そうです、パニシュ」わたしは答えたが、なにがいいたいのだろうと自問した。

テリエはふと微笑し、

「いまのところ、ウパニシャド学校チョモランマにいるオクストーン人はわれわれ二名だけだ。助けあうべきだろう。そう思わないかね、シャド候補生ティンタ・ラエ？」

「はい、パニシュ」わたしは折り目正しく応じた。

形式ばった呼称を使われたので、わたしもくだけた話し方を避けた。ネサ・クルドの警告は忘れていない。

「よろしい」テリエはほめると、シャント・コンビネーションの外側ポケットからプラスティックのケースを出して開けた。黄色く光る二枚のフォリオをとりだし、

「これがなにか知っているか?」と、たずねる。

「いいえ、パニシュ」わたしは嘘をついた。

むろん、わたしはそのフォリオを知っていた。なんでもないように見えるが、実際には遺伝子技術の傑作だ。遺伝子工学技術と生体ポジトロニクスが融合したコンビネーション原理により生まれたこのフォリオは、〝浸透ウエハー〟と呼ばれる半生体性多層装置である。シャント・コンビネーションやセランのヘルメットの目の位置に貼りつけ次第、ポジトロン制御エネルギー循環が存在すれば、そこに接続して作動する。こうして対探知・対光学バリア……つまり探知や光学視認を防ぐバリア……の奥にある、肉眼やあらゆる探知インパルスからかくされた物体が見えるようになるのだ。

「ならば、きみがこのウエハーを知る時がきたというわけだ」テリエはそういって、フォリオを一枚、わたしの手に押しつけた。

フォリオを手にして、わたしはどうすればいいのかわからないふりをした。いくつも

の罠がしかけられたテストだと感じた。この浸透ウエハーはGOIのラボでひそかに開発された。永遠の戦士が知るはずはなく、ましてや持っているわけがない。きわめて有能なスパイがわれわれの組織に侵入しているようだ。

民間人がこの多層装置を知っているなど絶対にありえない。むろん、これがGOIメンバーのあいだで……たったいまわかったように、われわれの敵のあいだでも……かんたんにウエハーと呼ばれていることも、部外者が知るはずはなかった。

「気をつけろ、折ってはならん!」テリエが警告した。

また罠だ! 浸透ウエハーは折れたりしない!

「これはどうしたらいいのでしょう?」わたしはそしらぬふりをして、困りきった顔で訊いた。だれかがわたしをだますつもりなら、わずかな迷いも見せるわけにはいかない。

「ゼリーかなにかですか?」

パニシュのめんくらった顔を見て、わたしは心の内で笑った。このフォリオはほんとうにゼリーのようだ。ただ、つくりははるかに複雑で、まったく違う機能を持つ。だが、この言葉を使うことで、わたしは〝白〟だとテリエが納得するよう願っていた。パニシュは論理的に思考するから、GOIの諜報員ならゼリーというはずはないと結論づけるだろう。かれはきっと、わたしを諜報員だと疑ってためそうとしたのだ。

急に、パニシュの顔に満面の笑みが浮かぶ。

テストに合格した！

「よく見ておけ。どう使うか教えてやる！」テリエは親しげにいうと、襟のふくらみに収納された耐圧ヘルメットを展開させて閉じた。

ついで浸透ウエハーを球形ヘルメットの前に貼りつけ、そっとなでるとたいらにした。まねをするよう、しぐさで伝える。

わたしはすこし不慣れなふりをした。やりすぎない程度に。フォリオがヘルメットにしっかり貼りつく。フォリオがコンビネーションのポジトロン制御エネルギー循環とつながったと、シャント・コンビネーションの制御部が報告した。これからどうなるのかとわたしは考え、ふと思いつく。マカルー山を旋回しているということは、南斜面のどこかにソトムがあるにちがいない。ソトムについて、ＧＯＩ側にはほとんど情報がなかった。

対探知・対光学バリアでかくされているから？

テリエ・デ・ロークは、このフォリオでわたしにソトムを見せようというのか？

「全体をどう考えるべきか、きみはわかっていないようなのでね」と、テリエ。「さっきも話したように、オクストーン人は助けあうべきだ。パニシュだけが見ることを許されているものを見せよう。ただし、だれにも話さないこと」

「もちろん話しません」わたしは約束した。

だが、わたしは自問していた。なぜ、かれは急にこれほどわたしを信用するようになったのか。そして思いだす。わたしは到着した日に〝ノイシュヴァンシュタイン城〟の地下十階にあるダシド室へ連れていかれて、シャド候補生になるための、いわゆる予備任命式を受けた。そこで空気とともに吸いこんだ法典分子により、わたしはただちに法典忠誠者になっているはずだった。もし、抗法典分子血清で免疫を獲得していなければ。

永遠の戦士とパニシュは血清のことを知っているはずだ。さもなくば、テリエがわたしをためす必要はない。だが、テストに合格して、わたしはGOIの諜報員ではないと確信したようだ。わたしを完全に信用できると考えている。

「よし!」テリエはいって、わたしの肩をつかむと、一スクリーンのほうを向かせた。「マカルー山中腹のある場所のそばを飛行するよう、パイロットには指示している。このフォリオのおかげで、われわれ二名だけが対探知・対光学バリアの奥の、資格のない者の目にはかくされたものを見ることができる。もうすぐだ。ほら!」

わたしは緊張してスクリーンを見た。これまでは氷結したけわしい岩壁だけがうつしだされていた。いまも変わらない。だがそのとき、グライダーが尾根をこえた。

そして、わたしは見た。

あれがソトムにちがいない。理路整然と説明することはできないが、一瞬にして〝神聖寺院〟という言葉が浮かんだ。神聖な寺院のように見える。長さ数百メートルのほぼ直方体で、周囲の花崗岩と驚くほど似た素材でできている。

わたしが〝ほぼ〟直方体といったのは、すこしななめに面取りされた上面がなければ、この建物は直方体とはいいにくいためだ。合同な長方形が三対、その直方体についている。ざっと見たところ、この建物の一部はマカルー山の南斜面の岩壁に入りこんでいるようだ。どれほど深く達しているのかは、浸透ウエハーがあってもわからない。

「あれはなんなのですか？」わたしはとまどったふりをしながら、心から驚いてたずねた。

「ソトムだ」テリエは畏敬の念で声を震わせ、「われらがソト＝ティグ・イアンの司令本部だ。あそこから地球を粉みじんにできる。ソトが望めば」

わたしは愕然とした。

だれひとり夢想だにしないことだった。ジュリアン・ティフラーやニア・セレグリスでさえも。スティギアンは悪魔だ。地球を、すべての人間の母を、その娘である文明を破壊する手段をつくりだしたのなら。

「驚いているようだな、シャド候補生ティンタ・ラエ？」テリエが外側マイクロフォンごしにささやいた。

わたしはうなずく。

そこではじめて気がついた。真の法典忠誠者は、自分たちのソトの暴力手段と、実質的に無限の権力を知っても驚きはしないことに。

わたしは正体を洩らしてしまったのだ！

みずから命を絶つ以外に選択肢はない。尋問用の薬剤かほかの手段で強制されて、神聖寺院作戦のことをばらしてしまう前に。

テリエはしずかに笑って、ささやいた。

「まだ絶望することはない。救われる道はあるかもしれん、オクストーン人。カンチェンジュンガ山とマカルー山のあいだにはオクストーンのホログラム景色もつくられている。そこで対戦しよう。フェアではないかな？」

わたしはうなずいた。客観的には、じつにフェアに見える。わたしが積んできた、シャンと戦うためのきびしいトレーニングで、パニシュの精神身体能力には充分に対抗できるだろう。理論的には勝てるはずだ。

だが、実際には違う。パニシュは望むときに、いつでも応援をたのめるのだ。

それでも、いま死を選ぶことはやめた。

11　ニア・セレグリスの報告

ティピ一号のそばで再実体化したとき、わたしはもうすこしで百メートルほど下まで転落するところだった。

氷でおおわれたけわしい岩壁のほうに滑ったが、最後の一瞬でロボットの脚にしがみついた。ひどい悪態をつぶやきながら、斜面にぶらさがった両脚をあげると、右腕をロボットの足もとに引っかける。安全を確保すべく、ベルトの左にぶらさがったユニヴァーサル結合ザイルを急いで伸ばす。

後続のパラテンサーたちの再実体化にそなえなければ。いまにもくるかもしれない！　ティピは、よりによってこれほど細い岩の上に立つしかなかったのだろうか。ロボットには充分な場所があるが、再実体化した者には幅十センチメートル弱の隙間しかない。プログラミングに問題がありそうだ！

わたしがザイルで安全を確保したそのとき、つまり両手が使えるようになったとき、エルサンド・グレルが再実体化した。自分の力だけでそこにとどまることはできないだろう。

「急いで！」わたしは最小強度に調整したヘルメット通信で叫んだ。「自分のザイルで安全を確保して！　わたしはシドをつかむから。あらわれたらすぐに」

さいわい、女アンティは機敏だった。それでも時間はない。彼女がザイルを固定しきれないうちにシド・アヴァリトが再実体化した。

わたしはシドをつかむべく、エルサンドをはなすしかなかった。かれは先に着いたわたしたちよりもひどく滑った。そのせいでエルサンドは支えを失い、十メートルほど落ちたところでザイルがぴんと張った。だがそれも、わたしがいまつかんでいるシドが電光石火でザイルをつかんだおかげだ。

シドがザイルで安全を確保し、わたしと協力してエルサンドを引きあげた。

「なんてロボットなの！」エルサンドが文句をいってあえぐ。「犬でもわかりそうなものだわ。わたしたちがここに立つのは無理だって。でも、わからなかった。どうしてかしら？」

〝質問に答えなさい！〟と、わたしはコード発信機に打ちこんだ。

〝わたしをここに送ったのはあなたがたです。それに、あなたがたには飛翔装置があります！〟と、発信機の発光フィールドに表示された。

「なんてこった！」シドがもらす。

「いかにもロボットの理屈らしい答えね」わたしは苦々しく、「マシンの立場からみれば、論理的に正しく行動したことになるんでしょう。探知される危険があるから飛翔装置は使えないと、伝えておかなければならなかったわ」

〝了解した、一号？〟わたしは発信機に打ちこんだ。

〝はい！〟と返事がくる。〝あらたな指令を待ちます〟

「あらたな指令！」エルサンドがくりかえす。「なにを命じるんですか、ニア？　ここで永遠にぶらさがっているわけにはいきませんよ」

「あっちからティフがグライダーでくるわ」わたしはいって、夜空をさししめした。いまやすっかり晴れわたり、星々の光が雪や氷に反射して周囲が見やすくなっている。

「乗る準備をして！」

ジュリアン・ティフラーはグライダーをわたしたちのそばによせた。側面ハッチがそばにきて開く。

「ザイルパーティー、乗ってくれ！」所在不明の外側スピーカーからティフの声が響いた。

「ザイルパーティーって、なんですか？」シドがたずねる。

「メンバー同士が一本のザイルで結ばれた登山隊のことよ」わたしは答えた。「もちろん、ティフは冗談をいっているの」

「いきのいい冗談だな」と、シドは応じて、「笑いたいところだが、あとにしますよ。笑えるときがきてから」

「いきのいいって、どういうことだ？」ティフの声が外側スピーカーから聞こえた。

「ほら、こっちにくるのを忘れないでくれ！」

シドはすでにハッチを通ってグライダーに入っている。わたしはザイルをほどいてシドに投げた。ついでエルサンドの手助けをする。彼女はティフがきてから、身動きひとつしていない。

エルサンドのほうに身をかがめると、その目が虚空を見つめていることに気がついた。彼女のこぶしににぎられた右手を見て、なにがあったか理解する。パラ露でティンタ・ラエの意識内容を探り……なにか重要なことをとらえたにちがいない。もうしばらく岩壁にいなければ、コンタクトが切れてしまうのだろう。

「待って、ティフ！」エルサンドとわたしをグライダーに乗せようと、ティフが開いたハッチにあらわれたとき、わたしは叫んだ。

それ以上は説明するまでもない。

ティフはすぐに理解した。なにが起きているのか。

三十秒ほどして、エルサンドは嘆息すると、緊張を解いた。

わたしはティフと協力してエルサンドをグライダーに乗せた。彼女のザイルも投げて、機内にうつる。

「ポジションはこのままだ!」グライダーの操縦を引きついだシドにティフが叫ぶ。

「まずはエルサンドの報告を聞こう」

「ティンタはトラブルに巻きこまれたようで」と、エルサンド。「でも、助けてほしいとは思っていないようです。なにかべつのことを集中して考えていて、トラブルについてはなにひとつ具体的にはわかりません」

「それなら、なぜトラブルとわかった?」ティフがたずねる。

「彼女の感情が混乱しているからです。恐怖、怒り、恥辱、決意をはっきりと感じます。そのトラブルはティンタが発見したものと関係があるかもしれません。その発見に全力で集中しています」

「どんな発見なの?」わたしは訊いた。

「ティンタはソトムを見ました」エルサンドが説明する。「ソトムはマカルー山南斜面の中腹にあって、ほんとうに寺院のようなかたちをしています。斜面から三百三十メートルほど飛びだしていて、大きく張りだした岩の上にある。ソトム自体は高さ百メートル、底面の幅は百メートル、上面の幅は八十メートル。この構造物の三分の一は岩のなかに入りこんでいるとティンタは予想しています」

「なんらかの糸口になりそうだな」ティフはことさら冷静に応じた。「どうすればソトムに行けるのか、ティンタはなにか知っているか？　そこまで道が通じている？」

「そのようなことにはなにも気がついていません」エルサンドが応じる。「でも、どうしていま、そんなことを考えていられるんですか、ティフ？　ティンタが困った事態におちいっているなら、われわれは助けるべきでしょう」

「もちろん助ける」と、ティフは請けあった。「だが、まずはすべてを知っておきたい。ティンタが理由もなくそれについて集中して考えるはずはない。急いでくれ、エルサンド！」

「なにもありません」と、女アンティはしずかに応じた。「ティンタは道を見つけられてはいません」

「それなら、道はないのよ」わたしはいった。「オクストーン人の観察力は優秀だから。そうでないならオクストーン人じゃないわ。でも、なぜティンタはソトムを見ることができたの？　クラーク・フリッパー基地の主ポジトロニクスの説明では、ソトムについて具体的な情報がなにひとつない理由は、つねに対探知・対光学バリアでかくされているからということだったけど」

「待ってください！」エルサンドが叫んだ。小声でつづける。「いまわかりました。あるパニシュが、見えるように浸透ウエハーをわたしたんです」

「浸透ウエハー！」わたしは思わず叫んだ。「わかったわ。なにかがおかしい。シャド候補生になったばかりで、もうソトの至聖所を見せてもらえるなんて。シャンでも見ることは許されないのに」

「しかもそれを、GOIのラボでひそかに開発された装置を使って見せられたわけだ」ティフがわたしの言葉を受けて、「パニシュの地位にある永遠の戦士の手下がそんなことをするはずはない。ティンタの法典への忠誠心を完全に信じていれば話はべつだが。あるいは罠をしかけたのか」

「パニシュは罠をしかけたのよ。ティンタの法典への忠誠心を確信できなかったから。それに、わかっていたんだわ。浸透ウエハーのようなこちらの超技術製品を盗みだせるなら、永遠の戦士は抗法典分子血清による免疫獲得法のことも知っているはずよ」と、わたしはいった。「いま、ティンタはどこにいるの？」

「彼女と十一名のシャドを乗せたグライダーは、カンチェンジュンガ山とマカルー山のあいだの高原に着陸しました」エルサンドが報告する。「ついさっき、十一名のシャドが降機したところです。いまティンタも降りようとしていて、そのうしろにパニシュがいます」

「そのパニシュはふたりだけになってティンタを尋問するつもりなんでしょう」わたしは推測した。「それが彼女とわたしたちのチャンスになる」

「すぐにティンタのところに飛ぼう」と、ティフ。「そこまで案内できるか、エルサンド？」

「はい、できます」女アンティは返事をした。

＊

「ティピ二号は完全に粉砕された」ティフが伝える。牽引ビームで一号をグライダーの底に固定しながら。パニシュのグライダーはしずく形だが、底面はたいらになっている。

「残骸は風で吹き飛ばされるだろう。だれにもわからなくなるはずだ」

わたしはシドが無力化したパニシュをしげしげと見た。グライダーの最後列シートの後方、むきだしの床でななめに横たわっている。手首と足首には蛇のようなエレクトロン枷《かせ》がしっかり巻かれ、三つめの枷はさるぐつわになっていた。思いがけない行為を防ぐためだが、いまのところはまだ気を失っているようだ。

ふたたびティフがグライダーを操縦していた。エルサンドがその横にすわり、ティンタのポジションを随時報告している。

「ティンタのそばにいるパニシュの意識内容は把握できないの？」わたしはエルサンドに訊いた。

「できないんです」と、エルサンド。

「でも、このパニシュのときはかんたんだったわ」わたしは応じて、捕虜をさししめした。

「そうですけど」エルサンドは同意したが、ちいさく悲鳴をあげてティフの右前腕を強く握った。「いなくなりました！　ティンタが消えたんです！　テレパシーでとらえられません！」

わたしは急いで床のパラトロン保護容器からパラ露のしずくをひと粒とりだした。からだから意識が浮きあがるような感覚をおぼえながら、急いでエルサンドの手にしずくを滑りこませる。だが驚いたことに、彼女の手にはすでにパラ露のしずくがふた粒入っていた。ずいぶん縮んでいるとはいえ。

「潜在能力を活性化させるために、前よりも多くのしずくが必要になっていて」エルサンドはわたしが口にしなかった問いに答えた。三粒のパラ露を握る。「わたしにもうひと粒のしずくをわたす用意をしていてください、ニア！」

「慎重にしろ！」ティフが警告する。「きみはパラ露依存症になっていて、より多くをもとめてしまうんだ。だが、このまま増量すれば自分をコントロールできなくなる」

「慎重にやっています」エルサンドが小声で誓うようにいった。集中して、焦点の定まらない目をしながら。「でも、まだティンタには到達できていません。シャド十一名のことも、なにも感じられないんです」

「重層ホロ・フィールドだ」グライダーの探知データを読みとってから、ティフが断言した。「さらに、プシオン性ネット・ラインが全体に張られている。これできみがティンタをとらえられない理由の説明がつきそうだ、エルサンド。なんてことだ、ネット・ラインがどんどん密になっていく！　グライダーであそこに飛びこめば操縦がきかなくなるだろう。外に着陸して歩いていくしかない」

「それで、どうやってティンタを助けるんです？」シドがたずねた。

「ティピ一号を連れていこう」ティフが応じて、「機械的な力でパニシュを倒せるだろう。だが、そのあとは急がなければ。いずれはパニシュが二名、姿を消したと気づかれるはずだ。捜索されるだろう。それまでに姿を消さなければ……さもなくば、狩りの獲物になってしまう。ニア、三号と四号はどこだ？」

「まだ斜面の亀裂のなかよ」わたしは答えた。

「よし！　三号を構造亀裂を通して外に出し、四号をソトムのそばにうつす……あるいは、あの司令本部のそばに行けるようこころみてくれ！　そこで完全に停止させ、待機させる。神聖寺院作戦の完了後、四号がわれわれを三号へ送りだす。ついで三号がわれわれをカトマンズ辺縁の転送機ステーションへ転送し、そこからさらに《キサイマン》へ転送する」

「カトマンズ辺縁？」シドがくりかえした。「初耳ですが」

ティフはそっけなく笑った。

「きみが知るはずもないことだ。ブラックアウトのために、わたしは慎重になっていた。だが、これまでのようすからきみは〝白〟と判断してよかろう。降機の準備を！　一号をおろし、着陸する！」

わたしはスクリーンに目をやった。そこにはマカルー山とカンチェンジュンガ山のあいだの高原がうつしだされているはずだった。ところが、朝の太陽が赤熱《せきねつ》する球体となって、氷におおわれた東の山なみから昇ってきたばかりだというのに、高原はどこにも見あたらなかった。そのかわりにスクリーンにあるのは、黒い防壁のようなものだ。そのなかでちいさな光が赤く光り、すぐに消える。

プシオン性ネット・ラインをそなえた重層ホロ・フィールドについて、外から見てとれるのは、それだけだった。

＊

わたしたちはとまどっていた。

このホロ・プロジェクションは迷宮だ。勝手がわかるのは設計図を正確に知っている者だけだろう。きわめて変化に富む景色が重なりあっている。それなのに、いま自分のいる景色があたり一面をおおっているのだった。

しかし、これは人工的につくりだされた幻影ではない。ほんの数歩先に行けば、ついさっき立ち去った場所とは環境条件が大きく異なる、まるで違う景色のなかにいたりするかもしれない。そこで、この迷宮に入るとすぐに耐圧ヘルメットを閉じ、生命維持システムを作動させた。

それは正しかったと判明する。

すでに二回、気温がマイナス七十度ほどで、きわめて空気の薄い、乾いた塵《ちり》の砂漠に迷いこんでいる。テラであれば高度二十キロメートルの上空にしか存在しない条件だ。

だが、いまは楽園にいた。青く光る海へなだらかにつづくきめの細かい砂浜の上を、ティピ一号を先頭に歩いている。あたたかな潮風がおだやかに肌をなでていく。左には、草でおおわれ、ヤシの木が数本ずつあちこちに生えた丘が地平線までひろがっていた。ここの動物界の主人公はカラフルな小鳥のようだ。さらに、膝くらいの体高の豚。テラの猪に驚くほど似ている。

とはいえ、どんな楽園にも蛇はいる。どのようなかたちであれ。ここにしかけられた罠は、完全に方向感覚を失って次々に切り替わるホロ・プロジェクション景色のどこにいて、どこでティンタを探せばいいのかわからなくなるというものだ。

わたしがそう考えていたとき、ティピ一号がにわかに消えた。

すでに何度も起きている……しかも毎回、ロボットにつづいてあらたな景色に足を踏み入れることになる。わたしたちは急いでロボットを追った。

数秒後、シドとエルサンドが雷に打たれたかのように倒れた。ティフとわたしは、突然かかった殺人的な重力のためによろめき、膝を折る。

「ほぼ五G!」ティフがあえぐ。「オクストーンの数値だ!」

外側センサーの表示を読みとり、わたしも状況を把握した。空気密度はテラの海抜ゼロメートルの四倍ほど。気温は摂氏九十三度だ。

それを意識のすみでとらえながら、わたしはセランの反重力を起動して一Gに調整した。ついでシドのもとに行き、かれの反重力をオンにする。ティフはエルサンドに同じことをしていた。

そこでようやく、周囲を子細に観察した。

背後には板のようにたいらな大地がひろがっている。亀裂がはしる地面は石のようにかたく見えた。天穹《てんきゅう》から赤い巨大な恒星が灼熱の息吹《いぶき》を送りこんでいる。恒星はテラから見たソルの三倍はあるだろう。前方の、ぴちゃぴちゃ沸きたちあぶくをあげる沼が目に入った。沸騰する泥のあちこちに植物、あるいは動物が点在している。その生物は、遠目には上下をさかさまにした直径三十メートルのスープ皿を思わせる。

沼のまんなかに半球形の黒い岩の島がそそり立っていた。島のこちら側の幅は二キロメートルほど、目のとどくかぎりでは奥行きも同じくらいだ。直径が二から五メートルのパンケーキに似た暗褐色の植物がいくつも島の上にあり、虹のあらゆる色に光る花をむきだしの岩の上にぶらさげていた。

その島の上、岸から十メートルほどはなれたところに、ふたつの人影が立っている。正確には二名のオクストーン人だ。一名は男で、一名は女。女オクストーン人はティンタだった。男のほうはパニシュの階級章がついたシャント・コンビネーションを着用している。

男はわたしたちを見ると、微笑して叫んだ。

「きみたちは観客として招待された。それ以上のことはできない。わたしはここのホログラムのすべてを思考で制御できる。ティンタが単身ではないと話したわけではないが、いまわかった。きみたちがここにきたからには、ティンタの次に尋問をさせてもらう。そのために特殊ロボットを連れてきている」

わたしは思わず大きく息を吸った。円形植物の向こうから、じつに奇妙なつくりのロボットがあらわれた。あれが尋問マシンなのだろう。

ティフは飛翔装置をオンにし、スタートしようとした。そこでティピ一号が叫ぶ。

「注意！　島とのあいだに攪乱《かくらん》フィールドあり。通過は不可能」

さいわい、ティフは冷静に飛翔装置を切った。

だが、なんとかしてティンタを支援しなければならない。

にわかに目の前で光が生じた。次の瞬間、ティンタとパニシュのあいだにひとりの人間が立っていた……すくなくともヒューマノイドだ。長い真っ白な髪をして、顔全体に白い髭《ひげ》を生《は》やし、黒いフードつきのマントをまとっていた。マントの表面を多彩な光が流れつづけている。

その男の右手には、先端が虹色に輝く長さ一メートル半の銀色に光る杖があった。男はゆっくりと杖をあげて、先端をパニシュに向ける。青白い光が先端からはなたれ、パニシュを完全につつんだ。

謎の老人はわたしたちのほうを見て、

「自分たちの道にもどれ、子供たちよ！　ティンタはテリエ・デ・ロークとともにこの迷宮を出なければならない。さもなくば疑われよう。だが数秒後、このパニシュはティンタについて、いまとは正反対の考えを持つようになっている。それまでにきみたちは消えるのだ。わたしはあとでもう一度、ティンタときみたちを助けられるかもしれない」そういって大音声《だいおんじょう》で笑った。

「まさか信じるつもりなんですか？」エルサンドが叫んだ。「あの人は、わけがわからないのに！」

「信じるしかない。ほかにティンタを助けられる方法はないのだから」ティフはいった。ついで、わたしが考えていたのとまったく同じことを口にする。「だが、とにかく急がなければ」

ティフが踵を返して歩きだす。わたしたちはあとにつづいた……

あとがきにかえて

鵜田良江

今回もまた、H・G・エーヴェルス作品の担当となった。次回もエーヴェルスである。宇宙英雄ローダン・シリーズの新人翻訳者は、エーヴェルス作品四本ノックを経て一人前になるらしいので、仕方がないのだろう（嘘です、信じないでください）。

その発想の豊かさといい、シラーやカントを彷彿とさせる複雑な文体といい、真面目に受け止めていいのかと悩む蘊蓄《うんちく》といい、訳出においては何かと悩まされるエーヴェルスだが、本欄の話題を提供してくれるありがたい作家でもある。今回もひとつ補足をさせていただきたい。

後半の「神聖寺院作戦」にティンタ・ラエの上役として登場するパニシュ、ネサ・クルドについてである。名前のドイツ語の綴りは「Nessa Cludo」となっている。さて、六四九巻の本欄でとりあげたサインコレクターの氏名を覚えておられるだろうか。ウド

・クラーセンという。綴りは「Udo Claßen」だが、スイス風にßをssに書き換えると「Udo Classen」となる。そう、ネサ・クルドとウド・クラーセンはアナグラムになっているのだ。六四九巻の時点ではよくわからないと思っていたが、もしかしたら、エーヴェルスとウド・クラーセンは仲がよかったのかもしれない。そうであってほしいという希望的観測も入っているけれど。

ところで、私事になるが、父が彼岸へ旅立った。何の彼岸かはわからないが、もしかしたらコスモクラートが……などと言ったら、なんでSF小説を読んだこともない俺が宇宙で大冒険をせないかんとや、と、父は泉下で苦笑いをするかもしれない。次回の原稿と本書のゲラの訳者校正の締切が迫る中、支えてくださった関係者の皆様、ならびに家族に、心から感謝を申し上げます。

アルテミス（上・下）

ARTEMIS

アンディ・ウィアー
小野田和子訳

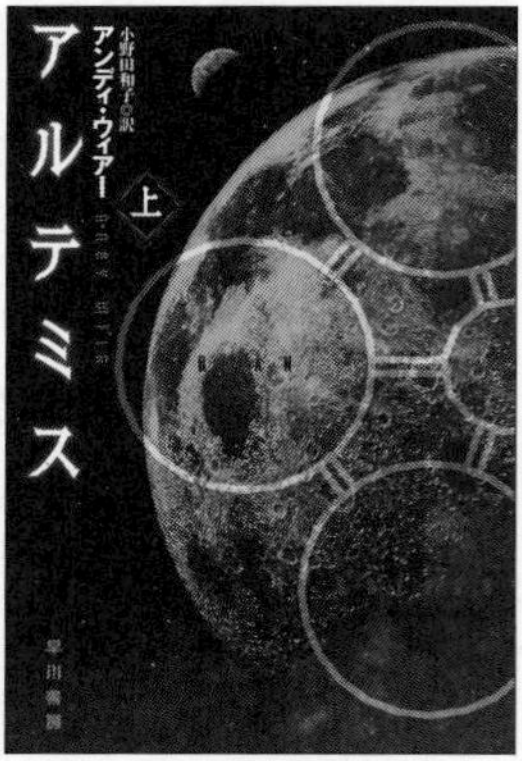

月に建設された人類初のドーム都市アルテミスでは、六分の一の重力下で人口二千人の人々が生活していた。運び屋として暮らす女性ジャズは、ある日、都市有数の実力者トロンドから謎の仕事のオファーを受ける。それは月の運命を左右する巨大な陰謀に繋がっていた……。『火星の人』に続く第二長篇。解説／大森望

ハヤカワ文庫

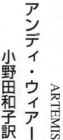

〈ローダンNEO①〉

スターダスト

PERRY RHODAN NEO　STERNENSTAUB

フランク・ボルシュ
柴田さとみ訳

二〇三六年、スターダスト号で月基地に向かったペリー・ローダンは異星人の船に遭遇する。それは人類にとって宇宙時代の幕開けだった……宇宙英雄ローダン・シリーズ刊行五〇周年記念としてスタートした現代の創造力で語りなおすリブート・シリーズがｔｏ・ｉ８のイラストで遂に日本でも刊行開始　解説／嶋田洋一

ハヤカワ文庫

訳者略歴　1970年生，九州大学大学院農学研究科修士課程修了，ドイツ語翻訳者　訳書『エイレーネの行方』フランシス＆エーヴェルス，『アクアマリンの再会』エーヴェルス＆マール，『スターリンの息子』エスターダール（以上早川書房刊）他多数

HM=Hayakawa Mystery
SF=Science Fiction
JA=Japanese Author
NV=Novel
NF=Nonfiction
FT=Fantasy

宇宙英雄ローダン・シリーズ〈655〉

神聖寺院作戦《しんせいじいんさくせん》

〈SF2348〉

二〇二一年十二月二十日　印刷
二〇二一年十二月二十五日　発行
（定価はカバーに表示してあります）

著者　クルト・マール　H・G・エーヴェルス
訳者　鵜《う》田《だ》良《よし》江《え》
発行者　早川浩
発行所　株式会社早川書房
郵便番号　一〇一－〇〇四六
東京都千代田区神田多町二ノ二
電話　〇三－三二五二－三一一一
振替　〇〇一六〇－三－四七七九九
https://www.hayakawa-online.co.jp

乱丁・落丁本は小社制作部宛お送り下さい。
送料小社負担にてお取りかえいたします。

印刷・信毎書籍印刷株式会社　製本・株式会社川島製本所
Printed and bound in Japan
ISBN978-4-15-012348-2 C0197

本書のコピー、スキャン、デジタル化等の無断複製は著作権法上の例外を除き禁じられています。